JOUR DE SILENCE
À TANGER

Du même auteur

Harrouda
roman, Denoël, coll. « Les lettres nouvelles », 1973
coll. « Relire », 1977, coll. « Médianes », 1982

La Réclusion solitaire
roman, Denoël, coll. « Les lettres nouvelles », 1973
Seuil, coll. « Points Roman », n° 50

Les amandiers sont morts de leurs blessures
poèmes et nouvelles suivis de
Cicatrices du soleil *et de* Le Discours du chameau
Maspero, coll. « Voix », 1976, repris dans PCM, 1979
prix de l'Amitié franco-arabe, 1976
Seuil, coll. « Points Roman », n° 218

La Mémoire future
Anthologie de la nouvelle poésie du Maroc
Maspero, coll. « Voix », 1976 (épuisé)

La Plus Haute des solitudes
Seuil, coll. « Combats », 1977, coll. « Points Actuels », n° 25

Moha le fou, Moha le sage
roman, Seuil, 1978, prix des Bibliothécaires de France
et de Radio Monte-Carlo, 1979
coll. « Points Roman », n° 8

A l'insu du souvenir
poèmes, Maspero, coll. « Voix », 1980

La Prière de l'absent
roman, Seuil, 1981
coll. « Points Roman », n° 86

L'Écrivain public
récit, Seuil, 1983

Hospitalité française
Seuil, coll. « L'histoire immédiate », 1984
coll. « Points Actuels », n° 65

La Fiancée de l'eau
théâtre, suivi de
Entretiens avec M. Saïd Hammadi, ouvrier algérien
Actes Sud, 1984

L'Enfant de sable
roman, Seuil, 1985
coll. « Points Roman », n° 296

La Nuit sacrée
roman, Seuil, 1987
prix Goncourt, 1987
coll. « Points Roman », n° 364

L'Enfant de sable *et* La Nuit sacrée
Seuil, un seul volume relié, 1987

TAHAR BEN JELLOUN

JOUR
DE SILENCE
À TANGER

roman

ÉDITIONS DU SEUIL
27, rue Jacob, Paris VIe

IL A ÉTÉ TIRÉ DE CET OUVRAGE
CINQUANTE-CINQ EXEMPLAIRES
SUR PAPIER VERGÉ INGRES DE LANA
· DONT CINQUANTE NUMÉROTÉS DE 1 À 50
ET CINQ HORS COMMERCE
NUMÉROTÉS DE H.C. I À H.C. V
LE TOUT CONSTITUANT
L'ÉDITION ORIGINALE.

ISBN 2-02-010708-2 (éd. brochée)
ISBN 2-02-011562-X (éd. numérotée)

© ÉDITIONS DU SEUIL, JANVIER 1990

À mon père.

« Le temps est un vieillard qui a la malice des enfants. »
Georges Schéhadé, *L'Émigré de Brisbane.*

C'est l'histoire d'un homme leurré par le vent, oublié par le temps et nargué par la mort.

Le vent vient de l'Est, dans la ville où l'Atlantique et la Méditerranée se rencontrent, une ville faite de collines successives, enrobée de légendes, énigme douce et insaisissable.

Le temps débute avec le siècle ou presque. Il forme un triangle dans l'espace familier de cet homme qui a tôt — il avait douze ou treize ans — quitté Fès pour aller travailler dans le Rif, à Nador et Melilla, pour revenir à Fès durant la guerre et émigrer dans les années cinquante avec sa petite famille à Tanger, ville du détroit, où règnent le vent, la paresse et l'ingratitude.

La mort est un vaisseau porté par les mains de jeunes filles ni belles ni laides qui passent et repassent dans une maison en ruine, sous le regard incrédule et méfiant de celui qui, d'une main sûre, repousse cette image.

Pour le moment, il est couché et s'ennuie. Il voudrait sortir, traverser une partie de la ville à pied, s'arrêter au Grand Socco pour acheter du pain, ouvrir sa boutique et se remettre à tailler des djellabas dans la grande pièce de tissu blanc. Mais la bronchite le cloue au lit, et le vent d'Est chargé de pluie est plus dissuasif que les consignes du médecin. La maison est froide. L'humidité dessine des lignes de moisissure verte sur les murs. La buée sur les vitres des fenêtres tombe sur le cadre en bois qui pourrit lentement.

Emmitouflé dans un burnous et une couverture en laine, il pense, somnole, écoute la pluie et ne sait plus quoi faire dans ce lit que son corps a fini par creuser jusqu'à en faire une trappe qui s'ouvrira un jour ou l'autre sur de la terre noire et humide. C'est le lit qui le garde. Il le retient. Quand il se relève, il tremble et tient à peine sur ses jambes ; il se recouche en pensant à la route montagneuse d'Al Huceima qu'il escaladait, un sac d'au moins vingt kilos sur le dos. Il évoque ce souvenir de jeune homme, obligé très tôt de travailler après la mort de son père, lequel avait laissé une dizaine d'enfants sans ressources dans une vieille maison de la médina de Fès. Ce souvenir lui fait mal, mais il en est fier. Ce fut dans ces conditions qu'il apprit l'orgueil et sut que la nécessité de « se faire tout seul » n'est pas une malédiction.

Ces rappels du temps passé ressassés plusieurs fois l'ennuient, comme ce ciel blanc qu'il entrevoit ou ce vent qu'il entend souffler et faire claquer les portes.

L'ennui, c'est quand la répétition des choses devient lancinante, c'est lorsque la même image s'appauvrit à force d'être toujours là. L'ennui, c'est cette immobilité des objets qui entourent son lit, des objets aussi vieux que lui ; même usés, ils sont toujours là, à leur place, utiles, silencieux. Le temps passe avec une lenteur qui l'agace. La femme de ménage lave le parterre sans faire attention à sa présence. Elle chantonne comme si elle était seule. Il l'observe, impuissant, et renonce à lui demander de faire un peu moins de bruit. Il se dit qu'elle ne comprendrait pas. Elle vient de la périphérie de la ville où les gens de l'exode rural se sont entassés n'importe comment, n'importe où. Elle ne lui inspire rien. Il la regarde et se demande ce qu'elle peut bien faire dans cette maison. Elle est encore jeune et forte. Il se dit qu'elle ne risque pas de se trouver clouée dans un lit par la maladie. Et puis si elle tombait malade, elle ne serait probablement pas seule. Toute la famille serait autour d'elle. Les proches, les voisins et les amies. Lui aimerait bien voir ses enfants. Mais pas autour de son lit. C'est mauvais présage, et puis il n'en est pas là. Ce n'est pas grave. Il ne faut surtout pas alerter les enfants. Non, pas la famille. Ce serait prématuré, se dit-il. Et puis il n'aime voir la famille que dans la joie et durant les fêtes. Pour le moment, il s'arrange comme il peut avec la bronchite. Mais l'ennui, cette solitude lente, épaisse, opaque, est plus fort, plus insupportable que la maladie. Les voisins ne sont pas des amis. Ce ne sont que des voisins. Ni bons ni méchants. On ne peut pas les inviter pour une séance de palabres. Ils ne comprendraient pas. Ils n'auraient peut-être rien à dire à un vieil homme malade qui s'ennuie. Lui, en revanche, aurait beaucoup d'histoires à leur raconter. Mais ils s'en moqueraient. Pour quelles raisons écouteraient-ils un étranger ? Ils le connaissent et même entendent sa voix quand il se met en colère ou quand il se bat avec sa crise d'asthme. Ils le voient passer quatre fois par jour dans la ruelle, toujours ponctuel. Quand ils ne l'entendent pas sortir, le matin, ils s'imaginent bien qu'il est alité. Alors ils entendent sa toux, aiguë, sifflante, profonde. Ils peuvent même l'apercevoir de leur terrasse, appuyé contre

14

un arbuste, la main sur la poitrine, essayant de cracher l'amas de glaires qui encombre ses bronches. Il envoie nerveusement des crachats blanchâtres par terre et regarde autour de lui pour s'assurer que personne ne l'observe. Il n'aime pas cet état qui le diminue et le brutalise. Il s'en veut même de devoir passer par là.

Non. Les voisins ne peuvent être des interlocuteurs. Les hommes sont au travail. Les femmes font le ménage et la cuisine. Il ne va tout de même pas inviter la voisine d'à côté pour évoquer l'époque de la guerre du Rif à Nador, puis à Melilla. Si au moins la voisine était une belle femme. Et puis ça ne se fait pas. L'ennui, c'est ce plafond très bas, fissuré en son milieu, pouvant tomber à n'importe quel moment. De son lit, il le fixe longuement jusqu'à l'apparition du ciel, un ciel particulièrement nuageux, et des visages connus ou inconnus se penchant sur lui comme pour lui dire adieu. Quand il se retourne, il se trouve face au mur latéral, rongé par l'humidité, un mur qui avance lentement, se rapprochant de lui chaque jour un peu plus. Il le voit se déplacer et il ne peut rien pour l'arrêter ou le repousser. Alors il tousse et manque perdre le souffle avec ces secousses saccadées plongeant de plus en plus au fond de sa cage thoracique. Seule la toux, qui lui fait certes mal, arrive à le soustraire à ces instants d'hallucination et d'angoisse. Il ferme les yeux moins pour dormir que pour ne plus voir ces murs et ce plafond. Il lui arrive de s'assoupir, assis, les jambes croisées, la tête retenue par ses mains. Il sursaute en toussant de nouveau parce qu'il vient d'avaler sa salive de travers. Même en bonne santé, il avale souvent de travers, la salive, l'eau ou, pire encore, quelques graines de semoule. C'est dû à une malformation répandue dans la famille. Un de ses frères — aujourd'hui disparu — ne pouvait jamais boire un verre d'eau d'un trait; il était obligé de le boire par petites gorgées. Il a surnommé un de ses neveux le Pressé car il mange vite et s'étouffe souvent. Dans cette famille, l'angoisse du temps et de la mort s'exprime par une gorge encombrée provoquant des étouffements. Ceux qui avalent de travers sont ceux-là mêmes qui courent le plus derrière l'argent et qui sont réputés pour leur avarice. Ils veulent tout avaler très vite, amasser et garder indéfiniment l'argent et les objets.

Assis dans le lit, il boit à petites gorgées un verre de thé. Il se sent mieux, mais ne peut pas sortir. Il regarde par la fenêtre. Le petit jardin qu'il aime tant est noyé sous la pluie. Trop de mauvaises herbes se sont entassées. Dès qu'il fera beau, il nettoiera le jardin. Il demande à la femme de ménage d'allumer la télévision. L'image est floue. Sa vue ne cesse de baisser. C'est un film américain qui parle français. Il n'entend pas bien. Surtout il ne comprend pas pourquoi la télévision marocaine, qui ouvre ses programmes par l'hymne national et la lecture du Coran, enchaîne sur une série américaine ou française. Il se sent non seulement exclu, mais floué. Ces images de cow-boys, de gangsters ou de riches Américains décadents ne le concernent en rien. D'habitude il ne s'énerve pas devant ces programmes destinés à un autre public ; il ironise, critique et maudit les « incultes et autres analphabètes ». Aujourd'hui, l'ennui l'agace et le rend plus irritable qu'en temps normal. Il fait le geste de casser l'appareil qu'il a payé plus de huit mille dirhams. Il dit : « C'est de l'argent jeté dans l'oued. » Qui pourrait venir lui tenir compagnie ? Quel ami appeler pour bavarder ensemble et faire passer ce temps lent et pénible ? Il ne veut pas n'importe quelle présence. Sinon il pourrait louer les services d'un infirmier ou d'un aide-soignant. Il ne le ferait pas parce qu'il n'est pas malade. Il ne se considère pas comme malade, juste empêché de sortir par un maudit vent d'Est et une pluie méchante et sale.

Ses amis étaient nombreux. Ils sont tous morts ou presque tous. Il pense à eux, un à un, et ne peut s'empêcher de leur en vouloir d'être partis plus tôt que prévu. Leur disparition, c'est sa solitude qui s'épaissit et s'alourdit. Il est en droit d'être mécontent qu'ils l'aient lâché, abandonné après tant de moments passés ensemble, après tant d'épreuves et de complicité. Même ses quatre frères, Mohamed, Allal, Driss et Hadi, qui n'étaient pas ses amis mais qu'il aimait naturellement, sont morts. Il les a enterrés l'un après l'autre et, chaque fois, il a pleuré comme un enfant, seul dans un coin. Il a essayé de maintenir des liens avec ses neveux et nièces. Mais, même là, il n'a eu que des déconvenues.

Moulay Ali, c'était un bon vivant. Grand de taille, jovial, cet ancien commerçant avait décidé de prendre sa retraite à soixante-cinq ans comme s'il était un fonctionnaire, et de passer le restant de ses jours à s'amuser. Après la mort de sa femme, une étrangère, il réorganisa sa vie. Le hasard lui fit épouser une aristocrate d'un certain âge qui ne pouvait pas avoir d'enfant. Ils eurent une vie paisible. Ils étaient aussi des voisins discrets. Lui passait ses après-midi à jouer aux cartes. Il recevait chez lui ses compagnons de jeu, tous retraités et rentiers, toujours habillés de blanc comme s'ils allaient à un mariage. Ils jouaient au « touti ». C'est un jeu hérité de l'époque andalouse. Les cartes portent encore des noms espagnols : *Rey, Espada, Copas*... Il s'agit de faire un achat selon les points de ses dix cartes. Ce jeu déclenche des passions qui vont de la crise de nerfs — voire épileptique — à l'euphorie et l'explosion de joie. On raconte que des maris ont dû répudier leur femme après avoir juré sur le destin et l'avenir de celle-ci et perdu ce pari. Mais cela se passait quelques décennies auparavant.

Moulay Ali jouait pour le plaisir et pour la joie d'être entouré de ses amis.

Un jour, alors qu'il était à la mosquée, il eut une attaque cardiaque. On le transporta à l'hôpital et, quand il se réveilla, la première chose qu'il demanda au médecin, c'était de pouvoir jouer aux cartes l'après-midi. Ses compagnons vinrent jouer avec lui sur son lit d'hôpital, sans faire de bruit pour ne pas alerter l'attention du médecin. Ce fut ce jour-là que Moulay Ali fit promettre à ses amis que, le jour de sa mort, ils joueraient une belle partie de touti à côté de son cercueil. La chose était délicate. Mais personne ne pouvait le contrarier.

Quelques mois plus tard, Moulay Ali fut terrassé par une crise cardiaque en pleine partie de cartes. Avant de rendre l'âme et tout en levant l'index de la main droite pour dire la profession de foi du musulman, « il n'y a de Dieu qu'Allah et Mohamed est son prophète », il tenait de la main gauche une carte pour rappeler aux amis leur promesse. Ils ne jouèrent pas en présence de son cercueil, mais, trois jours durant, ils continuèrent à venir à la même heure et jouaient au même endroit en ayant le cœur serré et les larmes aux yeux.

La pluie ne cesse de tomber. De son lit, il peut apercevoir le toit de la maison de Moulay Ali. Il pense à cet homme avec lequel il n'a jamais joué aux cartes, mais à qui il parlait de temps en temps et avec qui il évoquait les années passées dans le Rif. Il pense à lui comme à quelqu'un qui n'a pas dû connaître la solitude et l'ennui. La vieillesse non plus. Même s'il est mort à plus de soixante-dix ans, Moulay Ali n'avait pas connu la maladie et d'autres handicaps. C'était un bon voisin. S'il n'était pas mort, il serait venu passer quelques heures avec lui. Mais il n'est plus là, et ses compagnons n'ont plus de raison d'entrer dans la maison de l'aristocrate qui continue de mener une vie simple et discrète.

Avec son index, il fait une croix pour barrer le nom de Moulay Ali, puis fixe une photo accrochée sur le mur d'en face. C'est Touizi, un homme qui ne s'est jamais marié. Il est mort en courant derrière une femme, jeune et belle. Il menait une vie qui faisait rêver tous ses amis, mariés et pères de plusieurs enfants. Célibataire par choix et pour le plaisir, il accumulait les aventures avec les femmes des autres ou avec de jeunes filles naïves attirées par sa beauté et sa générosité. Secrétaire d'un prince d'Orient, il avait peu de chose à faire. Il gérait les affaires de son « patron » très souvent absent. Il avait tout son temps pour séduire, vivre et raconter ses après-midi à ses compagnons. Il disait que le plus beau moment pour faire l'amour se situe entre la prière de quatre heures et le coucher du soleil. Il avait toute une théorie sur la disponibilité du corps, sur la lumière naturelle et sur l'apogée érotique des femmes. Pour lui, la nuit est faite pour dormir et pour reposer le corps qui a traversé une longue journée. C'est le moment le moins indiqué pour l'amour. Alors que l'après-midi constitue un espace creux dans la journée qu'il vaut mieux remplir par des ébats joyeux et répétés que par une partie de cartes où le sexe est en berne. Il disait aussi que ce moment remplit toute la journée. Avant, on y pense et on se réjouit ; pendant, on jubile ; après, on se repose en y repensant tout en préparant sa nuit.

Il avait un amour infini pour le corps féminin. Il se permettait quelques lâchetés qu'il reconnaissait volontiers. Il disait n'avoir jamais été amoureux d'une femme ; il trouvait cela douloureux. En revanche, il ne pouvait qu'aimer toutes les femmes, et il a passé sa vie à leur rendre hommage, à les magnifier et à célébrer leur beauté.

Touizi était donc un trublion. Il dérangeait la quiétude des braves gens qu'il faisait rêver par ses récits. Aujourd'hui, il n'est plus là et il manque à ses amis. Il manque particulièrement à cet homme qui a tellement besoin de compagnie. Il rêve, il imagine ce que Touizi lui aurait raconté. Il serait venu le voir en fin d'après-midi, après avoir fait l'amour avec une jeune femme récemment divor-cée. Il se méfiait des jeunes filles vierges capables de lui réclamer une reconnaissance de paternité. Il aimait raconter dans le détail ses aventures. Sans en avoir l'air, il s'en vantait et aimait susciter la jalousie de ses amis. A un certain moment, il fut tenté par le mariage et avait trouvé une formule originale, mais inapplicable : le mariage avec un contrat déterminé et renouvelable. Cela faisait rire ses amis mariés. Touizi n'est plus là. Il lui en veut un peu d'être parti trop tôt. De quoi est-il mort au juste ? Il ne s'en souvient pas, mais l'imagine bien en train de courir derrière une femme voilée, butant contre une pierre, tombant et se fracassant le crâne sur le rebord du trottoir. Ou bien il a été assassiné par un mari trompé. Égorgé ou châtré. Non. C'est trop moche. C'est horrible de voir ces images pleines de sang défiler là, dans cette chambre triste, avec en plus la voix de Touizi en train de gémir et de supplier pour qu'on le sauve. Le pauvre Touizi est mort de mort naturelle après avoir fait l'amour, il s'est assoupi dans les bras de la jeune femme qui le voyait pour la première fois. Il s'était surpassé dans les ébats. Il est mort doucement après avoir rendu un hommage magnifique au corps de la femme. Il aurait pu faire attention, ne pas exagérer ni abuser de la cigarette. S'il s'était préservé, il serait encore là, à jouir de la vie et à enchanter ses amis.

Bachir est mort en priant. A chacun sa façon de quitter ce monde. Il se souvient parfaitement de l'époque où Bachir venait le voir dans sa boutique et commentait à voix haute la politique du monde arabe. Il était passionné par l'Islam et très déçu par les Arabes qu'il jugeait indignes de cette religion. Il ne ratait aucune prière ni aucun film. Il partageait son temps, surtout quand il ne travaillait plus, entre le cinéma et la mosquée. Homme cultivé, il avait constitué l'une des meilleures bibliothèques de la ville, où les livres sur l'Islam, en arabe et en français, étaient aussi nombreux que les ouvrages de poésie. C'était un intellectuel parfaitement bilingue qui aimait revaloriser la tradition du lettré arabe curieux des autres langues et cultures. Un homme à part qui avait horreur des bavardages inutiles. Quand il venait à la boutique, c'était toujours pour communiquer une information ou pour signaler l'importance d'une étude parue à Londres ou à Vienne et dont il avait entendu parler sur l'une des radios étrangères. Mais il est mort en priant, sans tomber malade, laissant un ouvrage qu'il consultait ouvert sur son bureau. Une belle mort, mais brutale et inattendue.

La femme de ménage lui apporte un thé. Il la regarde et murmure quelques mots désagréables. Le thé est tiède et pas assez sucré. Cela suffit pour le mettre en colère. Il l'appelle. Elle tarde à venir. Il crie. Elle arrive en s'excusant. Elle reprend le plateau de thé et lui propose une autre théière. Il préfère un café bien fort. Il la maudit. Elle ne l'entend pas ou fait semblant de ne rien entendre. C'est une brave femme qui travaille avec son cœur, même si elle est surtout payée pour supporter ses sautes d'humeur. Il boit le café et replonge dans ses pensées que rien ne vient égayer. Elles sont morbides. « C'est la vie », se dit-il. La vie qui a peu à peu éliminé tous ses amis. On a fait le vide autour de lui. Il repense à Allam qui a agonisé longtemps à l'hôpital. Emporté par une cirrhose du foie, lui qui n'avait jamais bu une goutte d'alcool. Il n'était pas méchant, le brave Allam. Il était même drôle. Il aimait raconter des histoires et détestait le travail. Sa femme était riche, et il ne s'en plaignait jamais. Il l'appelait le Patron. Aux yeux de ses amis, il apparaissait comme un homme indigne puisqu'il acceptait de se laisser dominer par sa femme.

Le pauvre Allam n'a souffert qu'une fois, le jour où la mort s'est lentement approchée de lui, l'a nargué durant une bonne semaine, puis l'a emporté dans des douleurs terribles.

Il l'avait vu sur son lit d'hôpital et il avait pleuré. Il savait qu'il ne le reverrait plus jamais. Aujourd'hui, il regrette cette dernière image qu'il garde de lui. Comment ne pas se voir à la place de cet ami, dans ces draps blancs et râpeux, en ces moments de totale désolation où rien n'arrive pour assouvir un besoin de consolation et de paix ? Tant d'images où la vie exagère l'envahissent en cette longue journée d'hiver. Que faire pour y échapper ? Ses enfants sont loin. L'un est à l'étranger ; il ne faut pas l'inquiéter ; il sait que s'il lui téléphone il viendra, mais il ne faut pas dramatiser. L'autre travaille et ne peut s'absenter sans un motif grave. Or il n'y a rien de grave, seulement un peu de solitude et ce ciel plombé qui descend lentement, traverse le toit et vient peser lourdement sur sa poitrine. Comment échapper à cette force qui lui serre les côtes et introduit dans sa tête des images de souffrance, d'hôpital et de mort à l'œil brillant ? Ah ! si une jeune et belle créature venait lui rendre visite, lui masser le dos, lui caresser les mains et répandre sur lui sa longue chevelure parfumée ? Ce serait trop beau ; ou ce serait cela le visage changeant et ambigu de la mort. Un de ses cousins qui avait failli mourir lui avait dit qu'au moment où il pensait rendre l'âme, c'était cette superbe fille qui se tenait au-dessus de son lit et le pressait de la rejoindre. Elle était tellement impatiente qu'en lui tendant la main elle perdit pied et bascula dans le néant.

Il pourrait appeler Abbas, son vieux complice. Mais ils ne se parlent plus. La dernière fois, ils se sont disputés et se sont insultés. Cela remonte à plus d'un an. Cela fait précisément un an jour pour jour. Ce serait un prétexte pour l'inviter à faire la paix. Ils ont le même tempérament : ils sont moqueurs et ironiques, surtout vis-à-vis des autres. Mais lorsque l'ironie éclabousse l'un d'eux, leur sens de l'humour disparaît, et la victime se met en colère et se fâche.

Non, son orgueil ne lui permet pas d'appeler Abbas. Et, pourtant, il sent que faire quelques plaisanteries sur les uns et les autres le soulagerait. Cela le rendrait moins triste et l'occuperait une bonne partie de l'après-midi. Mais de qui pour-raient-ils encore dire du mal ? Tous leurs amis et victimes sont morts. Ils n'iraient pas jusqu'à médire des morts ? Cela ne les gênerait peut-être pas. Il verrait bien une petite séance de règlement de compte avec quelques disparus !

Que devient Abbas ? Il a deux épouses, deux foyers et plusieurs enfants. Son commerce est très prospère. Il a tenté dernièrement de prendre une troisième femme, une jeune veuve qui travaille dans son magasin, mais, les deux épouses s'étant liguées contre lui, il a dû abandonner son projet. Cela ne l'empêche pas d'aller guetter dans sa Mercedes de parvenu les jeunes filles à la sortie du lycée. Sa myopie lui joue des tours. Un jour, il a suivi sa propre fille accompagnée d'une amie. Lorsqu'elle s'est retournée pour protester, il a bredouillé quelque chose du genre : « Je voulais savoir si tu es sérieuse ! » En lui offrant un cadeau le même soir, il fit une erreur puisqu'il cherchait à acheter le silence de sa fille. Cette histoire est connue dans la ville. Depuis, non seulement il a changé de lunettes, mais il ne drague plus à la sortie des lycées.

Le vent souffle, souverain et indifférent. Comment échapper au temps ? Comment le rendre moins lourd ? Comment ne plus y penser ? Où retrouver la fraîcheur d'un corps de jeune fille qui passerait par là, juste pour frôler le regard d'un vieil homme qui a encore toutes ses facultés et qui refuse ce lent naufrage en jetant les médicaments dans la cuvette des toilettes, tirant de toute son énergie la chasse d'eau pour ne plus les voir ?

Il faudrait remonter loin dans le temps pour revivre le souvenir de cet après-midi d'automne où une jeune Espagnole s'est offerte à lui dans son arrière-boutique à Melilla. Vierge et farouche, elle fuyait sa famille catholique qui la mettait tout le temps en garde contre les hommes en général et contre « *los mauros* » en particulier. Il se souvient de ce temps où il était un bel homme, élégant et raffiné. Il exhibe les photos de l'époque où il s'habillait à l'européenne, fréquentait les clubs privés espagnols où de très rares musulmans avaient accès. C'était le temps de la séduction, du plaisir, du jeu et de l'ivresse. Il avait dû boire quelques verres de xérès et avoir quelques aventures clandestines avec des Espagnoles. Lola venait de temps en temps, toujours à l'improviste. Dès qu'il la voyait, il baissait le rideau de la boutique en surveillant les regards des voisins. Il aimait bien caresser longuement les petits seins chauds et doux de Lola. Ce souvenir est encore vif et même brûlant. Sur son visage, un sourire de satisfaction et de nostalgie donne un peu de lumière à cette longue journée. Il avait vingt ans et Lola à peine seize. Une mineure dans les bras d'un musulman! Il y avait de quoi ruiner sa vie ; mais il aimait ce risque. Un jour, Lola se maria avec un officier de l'armée coloniale et il ne la revit plus jamais. C'était peut-être mieux ainsi ! Où se trouvait-elle aujourd'hui ? Elle est peut-être morte. Non, Lola est immortelle. Ce corps, ce regard, ces petits seins sont faits pour l'éternité. D'ailleurs Lola a toujours seize ans, peut-être vingt, mais pas plus. Tout en y pensant, il se met à douter de son existence. Il l'a peut-être inventée ; et pourquoi pas ? Cela ne fait de mal à personne. C'est son droit de croire qu'à vingt ans il a été aimé et a aimé passionnément une belle Espagnole qui s'appelle Lola. Il aimerait bien la retrouver en rêve. Pour cela, il faudrait pouvoir dormir sans être gêné par ces bronches encombrées et qui sifflent à chaque respiration. Lola ne viendrait pas se glisser dans son lit et coller sa peau nue à la sienne. Il palpe sa joue, la tire et n'y arrive pas. Sa peau s'est collée sur les os. Lola n'aimerait certainement pas ces rides et cette terre sèche. Lola est peut-être seule, abandonnée par ses enfants dans un asile du dernicr âge. Le mari est peut-être mort dans une des guerres. Et elle passe son temps à bavarder avec un chat, lui aussi abandonné. Il pense à toutes ces vieilles personnes qu'on retire de la vie en les isolant dans ces maisons d'attente, pas loin du cimetière. Ce « progrès »-là, heureusement n'a pas encore été introduit au Maroc. Puis il se dit que jamais ses enfants n'auraient fait une chose pareille. Il les a bien élevés et leur a appris le respect des parents qui vient juste après celui de Dieu. Et les enfants, même grands, croient à la bénédiction du père et de la mère. Ils la désirent, veulent la mériter et en être fiers. D'ailleurs même si l'un d'eux avait osé le déplacer, il l'aurait maudit et ne se serait pas laissé faire. L'isoler, ce serait le condamner à mourir vite et plein d'amertume. Il se dit que, mourir, ce n'est pas de tout repos, mais s'il faut partir avec un coup de pied dans le derrière donné par ses enfants, c'est criminel. Il se rend compte que ses fils ne sont pas là. Ils vivent loin de Tanger, mais lui téléphonent souvent. Il ne se plaint pas, les rassure sur son état. Il ne voudrait pas les déranger. Et puis s'ils viennent le voir en laissant leur travail, c'est qu'il est assez malade. Leur visite ne ferait qu'empirer la situation. Il ne faut surtout pas dramatiser. Il allume une petite radio. C'est Farid El Atrache qui chante. Il le déteste, parce qu'il trouve qu'il ne chante pas, mais pleure à force de se lamenter. « Ils se lamentent tous », se dit-il.

Non seulement ils sont lourds, mais ils sont laids aussi. C'est trop pour un seul homme en cette journée interminable. Il a envie de manger, pas cette nourriture insipide, sans sel, sans épices, que le médecin lui a prescrite. Non, ces légumes cuits à la vapeur, c'est pour un malade ou un mourant. Lui a envie d'un tajine de fèves bien relevé. Pour digérer, il prendrait un thé fort, bien sucré. Tout cela lui est interdit. Mais il se moque de ce que lui dit le médecin. Il raconte l'histoire d'un de ses amis, donné pour mort par le médecin, et qui voulut, pour ses dernières volontés, partir le ventre plein. Il a mangé un tajine de viande séchée cuite dans de la graisse, a bu une théière entière et s'est immédiatement rétabli. Il a envie de faire de même. Sa femme ne voudra pas lui préparer ce plat. Elle, c'est une malade disciplinée. Elle suit à la lettre les prescriptions du médecin. Il se moque d'elle et la taquine. Il dit que si elle prend ses médicaments avec tant de discipline, c'est pour lui prouver que sa maladie est sérieuse. Il ne la croit pas ou feint de ne pas la croire. Cela l'énerve.

Ses amis sont morts. Sa famille est réduite. Il n'est pas en bons termes avec ses nombreux neveux et cousins. Il les a tellement critiqués et méprisés qu'il ne se sent pas le courage de se réconcilier avec eux juste en ces moments où il a besoin de quelque présence. Il se veut cohérent. Reste un neveu qu'il aime bien et qu'il n'a jamais ménagé. En fait, ils se ressemblent un peu. Donneur de leçon, sarcastique et nerveux. Vingt ans les séparent. Il ne supporterait pas une nouvelle leçon de morale de la part d'un homme de soixante ans qu'il continue d'appeler le Gamin. Cette leçon équivaudrait à un meurtre dans une maison en ruine.

Justement, la maison n'est pas en bon état. Elle tombe en ruine. Il refuse obstinément de voir les fissures dans le plafond et sur les murs. Il pourrait s'en occuper, ne serait-ce que pour passer le temps, faire venir un plombier et réparer ces robinets qui coulent, retirer ces bouts de ficelle qu'il a mis tout autour, bloquer cette chasse d'eau et son bruit qui ne s'arrête jamais. Non. Il n'aime pas les plombiers. Il dit que ce sont des escrocs, de faux artisans. Il n'a jamais réussi à échanger le moindre mot avec eux. Il préfère ses bouts de ficelle et cette eau qui se gaspille. Pas la peine de s'énerver ; cela a toujours été ainsi. Lui et les réparateurs sont fâchés. Pour toujours.

Comment crever l'œil de cette interminable solitude, un cyclone qui rôde autour de ses pensées et brouille ses images ? Comment faire entrer la bonne humeur et le soleil dans cette maison? Qui lui donnera les forces pour continuer à être plus résistant et plus astucieux que la douleur, plus intelligent que les formules chimiques des médicaments? Il décide d'appeler un employé de banque, retraité, mais encore jeune. Ils se connaissent bien. Son père, un voisin, était un brave homme, il avait une boutique de babouches dans la médina de Fès. L'employé de banque est aussi un brave homme ; pas très futé, mais assez aimable. Il voulait faire du théâtre. Il avait même adapté *Le Bourgeois gentilhomme* en arabe. Il s'appelle Larbi et avait pris comme nom de comédien Rabi'e (Printemps). Les gens se moquaient de lui et l'appelaient Chta' (Hiver ou Pluie). Il a dû renoncer à une carrière d'artiste où les embûches et l'ironie des gens devenaient insurmontables. En passant du théâtre à la banque, il a perdu sa joie de vivre. Il s'est mis à fréquenter des gens plus âgés que lui, s'est marié avec une brave cousine et a eu plusieurs enfants.

C'est la femme de Larbi qui répond au téléphone. Il n'est pas là ; parti en voyage. Non pas en tournée, mais parti à Casablanca voir sa fille aînée qui vient d'être nommée enseignante dans un lycée réputé difficile, situé dans un quartier populaire, un de ces quartiers « clandestins et spontanés » où il est difficile de travailler et de vivre. On les appelle

33

ainsi parce qu'ils naissent la nuit, à l'insu des autorités.

La fille est encore célibataire ; elle a besoin d'un soutien familial. C'est normal. Elle est perdue dans cette grande ville. Casablanca n'aime pas les jeunes filles seules. Larbi est venu lui remonter le moral. Mais cela tombe mal. Larbi aurait dû être là et tenir compagnie à un vieil ami qui, lui aussi, a besoin de soutien. Lui aussi se sent seul et perdu. Il en veut à cette pauvre fille qui a peur des voyous de Casablanca. Pourquoi n'est-elle pas un peu plus autonome ? Elle aurait ainsi évité de déranger son père ; elle l'aurait laissé disponible pour ceux qui ont besoin de sa présence. Elle aurait pu être mariée, mais elle est trop exigeante. Elle a fait des études supérieures et a accumulé les diplômes. Cela lui donne le droit de ne pas se marier avec n'importe qui. Est-elle au moins belle ? Pas vraiment. Elle est un peu lourde. Si elle avait un mari, Larbi serait en ce moment en train de bavarder avec le vieux. C'est dommage, d'autant plus qu'ils s'entendent bien. Larbi est timide et émotif. Il a la patience de l'écouter et de ne pas l'interrompre pour lui faire remarquer que, cette histoire, il l'entend pour la troisième fois... Non, il n'a pas l'impertinence de lui rappeler qu'il se répète. C'est une forme d'élégance. Mais cet homme a une fille moins élégante que lui. C'est ainsi et c'est bien regrettable. De son temps, les filles n'allaient pas à l'école. Belles ou laides, on les mariait. On s'en débarrassait. Elles s'occupaient de la maison et faisaient des enfants. Aujourd'hui, elles font des enfants, mais ne s'occupent pas de leur foyer. Celles qui ne se sont pas mariées ont besoin de leur père. C'est normal, mais pourquoi a-t-elle eu besoin de son père juste en ce moment où un homme se sent abandonné de tous ? Il ne peut même pas lui en vouloir ; et de quel droit le ferait-il ?

Il se dit : « Larbi n'aurait pas été un bon comédien... moi non plus ; mais, au moins, je sais débusquer les menteurs et les hypocrites. Lui se veut un bon père... mais ça ne lui laisse pas le temps d'être un ami présent ; c'est bien dommage. Je l'aime bien ; il a une bonne âme et accepte avec le sourire mes plaisanteries, même quand elles le touchent. »

Il soulève un pan de rideau et regarde par la fenêtre. Un chat mouillé est à lui seul toute la désolation de cette longue journée. Le chat est encore plus frileux que la bonne qui fait le ménage enveloppée dans une couverture. Il la déteste. Elle l'énerve. Il la trouve stupide et laide. Heureusement qu'elle n'est pas attirante. Parlant d'elle et

35

parfois en sa présence, il dit : « Chez elle, tout tombe, les seins et le cul, les joues et le ventre. » Il lui en veut d'être femme et de n'avoir rien d'apparent pour le séduire. Pour lui, cette brave femme est une escroquerie. Elle travaille pour nourrir ses sept enfants. Il lui arrive d'avoir pitié d'elle, mais ne le montre pas. Le chat se colle contre le mur pour éviter la pluie. Il tremble. Il doit être morveux. Le vent d'Est est tellement fort qu'il le bouscule. Le vent plus la pluie sont les deux ennemis responsables de sa bronchite asthmatique. Il se demande encore comment il a pu s'installer dans cette ville habitée par le vent. Pourquoi avoir choisi ce lieu confluent de deux mers où peu de gens ont réussi à s'enrichir, où il est difficile de se faire des amis ? D'ailleurs les amis, les vrais, ceux qui étaient dans son cas, venus de Fès ou de Casablanca, sont tous morts. Ils se retrouvaient parce qu'ils se sentaient rejetés par les habitants de la ville. Ils avaient dû quitter Fès, « ville des villes », « mère des cultures et du savoir-vivre », parce que plus rien n'était possible dans cette ville tombant en ruine.

Il ne s'est jamais remis de ce déplacement effectué dans des conditions difficiles, au moment où le Nord du Maroc était encore occupé par l'Espagne et où il fallait montrer un passeport à la frontière d'Arbaoua. On subissait des humiliations, car la *guardia civil* fouillait les Marocains, les laissant attendre des heures pour bien leur montrer que ce pays ne leur appartenait pas. Il parle d'éloignement et même d'exil. Tous ses maux viennent de là. S'il était resté à Fès, il n'aurait pas perdu tous ses amis ni pris froid à cause de ce maudit vent d'Est. Cet exil est une malédiction. Il exagère ! Car cette ville lui a donné beaucoup de joie, mais en ces moments il n'en parle pas, il oublie par exemple le jour où il a fait une bonne affaire en achetant cette maison, comme il oublie les excellents résultats de ses enfants au lycée, il ne se souvient plus de l'époque où le *Paquet*, paquebot de la compagnie Paquet qui ramenait les travailleurs émigrés de Marseille et faisait escale à Tanger, lui permettait de doubler son chiffre d'affaires car il était réputé auprès de ces Marocains du Sud pour tailler les meilleures djellabas de la ville. En cet instant où l'air manque, tout lui paraît négatif.

Puisqu'il a trouvé l'origine de son mal, à quoi bon appeler le médecin ? Pour guérir, il suffit de quitter cette ville. Aller à Fès, descendre à la médina, retrouver la ruelle où il est né, ne plus s'encombrer de nostalgie, compagne des microbes, petits cristaux qui montent et descendent le long des bronches, s'assemblent la nuit et s'amusent à l'étouffer. Ces crises d'étouffement sont le résultat d'un complot préparé par Tanger et ses démons, par le vent d'Est et l'absence ou, plus exactement, la disparition de ses amis capables de l'écouter et d'être ses complices.

Sortir dans le jardin. Installer une chaise sous l'ombre du néflier. Toutes les chaises sont abîmées. Aucune ne tient sur ses quatre pieds. Elles sont trop usées. Certaines sont trouées, d'autres n'ont plus de dossier. Étendre un tapis de prière par terre et s'asseoir dessus. Croiser les jambes. Égrener un chapelet. Converser avec Dieu et son Prophète. Leur raconter le vent et ses méfaits, la famille et ses trahisons. Tout cela, ils le savent déjà. En tout cas, ils sont censés être au courant de ce qui lui arrive. A quoi bon se plaindre auprès d'eux ? Et puis, pas besoin de sortir dehors pour cela. Il est hors de question de sortir. Il fait de plus en plus froid, et le jardin est impraticable.

Son regard, lentement, fait le tour de la pièce. Tout est à sa place. Rien n'a bougé. Les objets sont immuables. De là vient leur méchanceté. Ils sont là dans leur agressivité paisible, pour toujours. Ils lui survivront. Cette table épaisse ne craint ni le vent ni le froid ; même quand elle est attaquée par l'humidité, elle ne donne aucun signe de faiblesse. Ce vieux poste radio, même en panne, sera toujours à sa place. Cette horloge, réparée plus d'une fois, marquera jusqu'à la fin du monde dix heures vingt-deux. Elle est éternelle. Le temps s'acharne sur lui, pas sur les objets. Tout semble le narguer dans cette pièce : la buée sur les vitres, le tapis élimé, le calendrier de l'année dernière, le fauteuil en cuir dont on devine les ressorts, la petite table sur laquelle est posée la théière...

Parler tout seul ? N'est-ce pas le début de la folie ? Parler aux objets ? N'est-ce pas un signe de déchéance ? Il n'est ni fou ni déchu. Il est vieux. Or la vieillesse n'existe pas. Il est bien placé pour le savoir et l'affirmer. La vieillesse est une erreur, un malentendu entre le corps et l'esprit, entre le corps et le temps. C'est une trahison du temps, un mauvais coup préparé depuis longtemps par l'inadvertance des uns, la violence des autres, par l'amnésie de nous-mêmes et par la passion des racines et de l'origine.

Il ne parlera pas tout seul. Il s'y refuse et résiste bien. Il étouffe la parole qui tente de s'échapper toute seule. Il fait attention. Il met la main sur la bouche, puis sourit. Rire de soi est un bon signe. Il a tellement ri des autres ! Il ne se ménage pas. La main sur la bouche lui donne le fou rire. Entre parler seul et rire sans raison, il préfère le comique

39

de ce geste absurde. En même temps, il se surprend en train de gronder les mots qui sortent de sa bouche. Voilà qu'il rit tout en parlant seul. Il pense qu'il est tout près de la folie. Mais il ne craint rien.

Il prend un vieux journal, le regarde, essaie de le lire, puis le jette par terre en insultant l'époque et ses trahisons. Ses yeux l'ont peu à peu abandonné. Il voit pour se diriger, mais pas pour lire. Or il aime la lecture. Il a une passion pour les livres d'histoire et les journaux d'époque. Il est en colère et pense à quelqu'un de précis. Il est persuadé que si sa vue s'est affaiblie, c'est à cause d'un certain « teigneux », un voisin qui lui aurait jeté le mauvais œil. Il raconte que quand, dans sa boutique, il taillait ses tissus pour en faire des vêtements amples et beaux, les gens s'arrêtaient, l'admiraient en faisant des commentaires, étonnés et émerveillés. Ils étaient surpris par sa dextérité, sa rapidité et son métier. Mais le « teigneux » a toujours été jaloux. Il est hypocrite et porte malheur. Il a peur de son regard. Aujourd'hui, non seulement il est privé de lecture, mais il coupe ses tissus de travers. Ses vêtements ne sont plus des créations, mais des cache-misère, sans harmonie, sans finesse. C'est une humiliation, brutale et intolérable. Sa solitude est de plus en plus amère. Le temps avance à son insu, indifférent, loin de sa vue, hors de sa prise. Le temps ne fait pas du sur-place. Lui, si. Il piétine les heures, inverse le temps, s'énerve et retombe sur les mêmes objets, le même mur, la même humidité.

La toux, violente et saccadée, le fait sortir de cette monotonie, bouleverse l'ordre des choses posées devant lui. Il sait que la répétition du même à l'infini débouche sur la folie. Pour le moment, c'est une question d'obsession. Il tente de ne pas sombrer ; essaie de se contrôler. Il tourne autour de lui-même comme un fauve blessé, comme un enfant enchaîné. Il fait et refait le bilan de sa vie. Il passe des années vingt, de la révolution du Rif, au dernier événement politique qui l'a marqué. Sa mémoire est intacte. Il est forcément injuste ou du moins sévère avec lui-même, ce qui lui permet d'être cinglant avec les autres. Est-il méchant ? Ceux qui subissent ses sarcasmes pensent qu'il l'est. En fait, son ironie a quelque chose de brutal et de blessant. Pour quelle raison ménagerait-il les autres ? Pourquoi perdrait-il du temps à essayer de les comprendre et de les accepter ? Ce qu'il veut, c'est les intégrer dans sa lassitude, c'est les embarquer dans son naufrage. Parfois il les veut bons et intelligents, séduisants et généreux, meilleurs que lui en quelque sorte.

Il se lève, manque de tomber, titube, attrape sa canne. Il insulte la porte qui ferme mal, crache sur le carrelage glissant, maudit les racines de celui ou de celle qu'il soupçonne être à l'origine de sa bronchite, porte plainte devant Dieu contre ceux qui ne l'ont pas aimé, proteste contre les objets immobiles, arrogants, en bonne santé dans leur éternité. Un vase de cristal bleu attire particulièrement son regard. Il l'observe, puis s'en va en disant : « Il est plus ancien que moi. Je suis moins vieux que lui. Il a résisté à tant d'années et d'intempéries. Il est sorti indemne de tant de voyages et de déménagements. Il me survivra, comme il a survécu à mon oncle qui me l'avait offert en cadeau de mariage. Mais il sert à quoi ? Il est juste posé là pour me narguer. C'est insupportable ! »

Il suffit d'un geste, un mouvement de sa canne pour casser ces objets qui l'énervent. Mais il se retient. Plus par habitude que par avarice. Il sait la méchanceté de certains objets et refuse de les affronter. Comme il sait combien les mots sont dangereux. Il les manie si bien quand il cherche à blesser quelqu'un. Il en joue avec fierté. Sa force est là. Les mots sont ses meilleurs compagnons. Ils le trahissent, certes, mais l'aident à se supporter. Tant qu'il peut parler, tant qu'il peut organiser une violence armée de mots, durs, incisifs, sans appel, il sait qu'il est vivant et que la maladie n'est qu'un orage passager, une ombre funeste, une plaisanterie de mauvais goût.

Ces mots, il les aime brefs, subtils, colorés. Il les manie avec art. Ses mots sont célèbres, des flèches qui blessent, des images qui inquiètent, des sonorités qui dérangent. Il rêve d'une maison de mots où les syllabes seraient enchevêtrées jusqu'à former une arabesque de lumière. Cette maison le suivrait dans ses déplacements. Il n'y habiterait pas. Il aurait peur de devenir un mot parmi tant d'autres, un mot quelconque harassé par des syllabes folles. Ce serait un trésor où il se servirait sans se déranger. Il lui suffirait de tendre la main, puis de cueillir les mots justes dont il aurait besoin. Mais cette demeure est en lui. Il le sait et en rit.

Le médecin passe le voir. C'est un ami, un homme fin et généreux. Il a beaucoup de patience avec lui. Il se sent proche de lui. Le hasard a fait qu'ils se sont connus en un moment dramatique. Le père du médecin était en train de mourir à Fès. Il soignait à Tanger quelqu'un qui lui rappelait étrangement son père puisque issus tous les deux d'un même labyrinthe, la vieille médina de Fès. Depuis, une amitié quasi filiale les unit. Ayant à peu près le même âge, les deux hommes ont aussi la même mémoire. Les mêmes lieux, les mêmes références les habitent et les obsèdent. Le médecin est jeune. Il le considère comme un fils. Très vite, ce dernier a su comment lui parler et a appris à ne pas le contrarier. Il l'aime avec la passion d'un fils qui peut enfin dialoguer avec un père. Pour le soigner, il a commencé par l'écouter. Il a pris le temps qu'il fallait. Ils ont parlé ensemble de Fès, leur ville natale, ont confronté leurs arbres généalogiques. Pour peu, ils ont failli se découvrir un cousinage au second degré.

Pour éloigner la douleur, pour l'oublier, il lui suffit de parler, bavarder, raconter. C'est cela vivre. Avec le jeune médecin, il passe plus de temps à évoquer la médina de Fès, quartier par quartier, du temps où elle était habitée par les grandes familles. L'état actuel de cette ville lui fait beaucoup de peine. Il en veut aux fils de Fès qui l'ont trahie en la quittant. Lui avait dû partir parce que son associé fermait boutique et ouvrait un autre commerce à Casablanca. Il n'avait à l'époque pas le courage, surtout pas les moyens de le suivre. Il choisit alors la solution la plus facile, rejoindre son frère à Tanger où les affaires n'étaient pas difficiles. C'était l'époque du statut international. Tanger, ville de tous les trafics, vivait de mythes et de légendes. Lui débarquait dans la ville du détroit juste au moment où elle changeait de statut. Il ne fit pas vraiment d'affaires, mais enregistra dans sa mémoire l'amertume d'un rendez-vous manqué. Arrivé en retard ! Cette idée l'obsède et lui fait mal. Il n'a jamais admis ce fait, car il pense que s'il était venu à Tanger quelques années auparavant, il aurait fait fortune. Or ce qu'il ne sait pas, c'est qu'il n'est pas du genre à faire fortune. C'est un commerçant qui refuse d'avoir recours à quelques astuces ou petits mensonges pour mieux vendre. Il dit la vérité à l'acheteur, il jure sérieusement et avoue jusqu'à sa marge bénéficiaire. C'est un commerçant naïf, un homme de bonne foi. Hélas ! ces qualités sont des défauts dans le monde des affaires. Cela, il a fini par le croire. Il reconnaît que sa bonne foi ne lui a pas fait gagner d'argent. Il ne le regrette pas, mais ça le préoccupe encore, surtout quand il se compare à ses camarades de jeunesse qui, partis de rien ou presque, se trouvent aujourd'hui à la tête d'immenses fortunes. Il se plaît beaucoup à rappeler qu'untel, aujourd'hui propriétaire de plusieurs grands magasins, a été son apprenti, un garçon de course...

Les boîtes de médicaments s'entassent sur la commode. Elles sont à peine ouvertes. Certaines sont entamées, d'autres sont intactes. A quoi bon prendre des médicaments puisqu'il n'est pas malade ? Il avale de temps en temps une cuiller de sirop pour adoucir les bronches et calmer la toux. Il dit qu'un médicament ne soigne pas, mais inflige la preuve de la maladie et du handicap. Il jette dans la poubelle une boîte de suppositoires. Il déteste ce genre de médication ; il ne l'a jamais supporté. Il considère que c'est une humiliation, et pense que le médecin a manqué de tact et de délicatesse. Cela ne se fait pas d'obliger un vieil homme à introduire ces choses-là dans l'anus. Il y a là comme une honte, une dégradation, une offense.

Les médicaments s'accumulent parce qu'il ne les achète pas. C'est son ami médecin qui les lui apporte. Il le remercie comme s'il lui apportait des fleurs, les pose sur un coin de la table, puis les jette un par un dans la poubelle. Il ne veut autour de lui aucun signe extérieur de la maladie. Après une crise, juste par acquit de conscience, il avale une pilule ou deux. Il est persuadé que cela ne sert à rien. Il est tellement fier de pouvoir lutter à mains nues avec la maladie. C'est un corps à corps, une confrontation directe, sans le moindre intermédiaire. Il n'aime pas les piqûres non plus, même quand elles sont administrées par les mains fines d'une jeune et belle infirmière. Il rêve de ces mains qui, au lieu de le piquer, lui masseraient le corps, doucement, jusqu'à lui faire oublier la douleur et la tristesse. Mais cela ne se fait pas. En tout cas pas dans cette maison. Il rêve et sourit. Il s'imagine ailleurs, sans préciser le lieu et l'époque. Des mains douces le caressent. Aucune présence ne le contrarie. Personne ne crie. Il aperçoit son ami médecin enlever sa blouse blanche et partir avec lui pour un pèlerinage à la ville natale. Une brume blanche entoure ces images. C'est sa vue qui de nouveau le trompe. Il est toujours assis dans son lit, face au mur fissuré par l'humidité, entendant le bruit du vent violent. Non seulement il l'entend, mais il le voit. C'est un personnage au visage lisse et aux épaules très larges. Il passe et balaie tout avec les manches de son burnous léger, gonflé par les traces de nuages.

Le vent. Voilà l'ennemi. Celui-ci vient de cette trouée entre la pointe sud de l'Andalousie et la pointe nord de l'Afrique. On dit que c'est l'Est. On dit aussi qu'il se lève en même temps que le soleil, mais il n'a pas d'heure pour s'arrêter. Quand il arrive à Tanger, il se met à tourner en rond et ne sait plus par quelle issue s'en aller. La rumeur dit en outre que s'il arrive un vendredi, juste au moment de la prière de midi, les saints de la ville le retiennent au moins sept jours et sept nuits. Certains lui trouvent des vertus hygiéniques, puisqu'il paraît qu'il lave la ville, fait fuir les moustiques et les microbes, surtout ceux qu'on ne voit pas à l'œil nu. Il les emporte avec lui et les jette à la mer. Si le détroit de Gibraltar est pollué, c'est à cause du vent d'Est qui y balance les virus.

Pourquoi alors s'attaque-t-il aux bronches d'un vieil homme ? Pourquoi envahit-il sa maison ? Il est insupportable, surtout quand il se met à siffler ou à hurler comme un loup blessé ou un chien enragé. Il souffle le froid, puis le chaud, claque les portes mal fermées, jette des poignées de sable ou de poussière au visage des passants. Il provoque la migraine et excite les nerfs. Il s'attaque aux personnes âgées. C'est aussi l'ennemi des pêcheurs. Quand la mer est agitée par lui, les petites barques de pêche se tiennent bien attachées dans une crique.

Le vent, c'est naturel, mais l'avarice ? C'est une façon d'être, un état d'esprit, une vision du monde. On ne naît pas avare, on le devient. Il supporte le vent et ses dégâts, pas l'avarice et ses mesquineries. Il met l'avarice et l'hypocrisie dans le même panier et clame partout qu'ils sont plus malfaisants qu'une tempête. Il cite souvent ces versets de la sourate « Le Calomniateur » :

« Malheur au calomniateur acerbe
Qui a amassé une fortune et l'a comptée et
    recomptée !
Il pense que sa fortune l'a rendu immortel. »

Ou alors, quand il veut être plus explicite, il s'appuie sur ce verset de la sourate « Les Femmes » :

« (Allah n'aime pas) ceux qui sont avares, (qui) ordonnent aux hommes l'avarice... »

S'il n'aime pas les avares, il ne supporte pas non plus ceux qui dépensent sans compter. Là aussi, il s'appuie sur une parole divine : « Les dissipateurs sont frères des démons et le démon, envers son Seigneur, est très ingrat. »

Cela l'occupe beaucoup de dresser la liste des avares d'un côté, et des prodigues de l'autre. Ils ont tort parce qu'ils sont dans l'excès. Lui, il a toujours réclamé le milieu, le juste milieu. Et, pourtant, il n'est pas modéré dans ses paroles. Pour quelqu'un qui a passé toute sa vie à travailler sans jamais amasser assez d'argent, il ne peut qu'en vouloir à ceux qui en ont et qui le gardent ou qui le jettent par la fenêtre. En fait, sa hantise est une peur, peur d'être un jour dans le besoin.

Il est intarissable sur la médiocrité des « frères des démons », vaniteux et superficiels. Ils le gênent et le rendent furieux comme s'ils dépensaient son propre argent. La plupart des gens de sa famille sont plutôt pingres. En même temps, il les voudrait généreux ! Il dit qu'ils sont « comme le vent ». « On n'y peut rien ! »

Misanthrope, lui ? Pas vraiment. Il croit que l'homme est fait pour être bon, juste, humain. Il sait qu'il se trompe, mais, chaque fois, il ne peut s'empêcher de faire confiance au genre humain. Il aime ceux qui apprécient son humour, ceux qui l'encouragent dans la critique acerbe. Il est souvent déçu. Il voit ses illusions s'évanouir une à une dans cette maison en ruine et ne comprend pas pourquoi ses victimes se vexent et rompent toute relation avec lui. Dans sa logique, c'est parce qu'ils sont susceptibles et manquent d'humour. Il ne pense pas faire de mal en disant crûment aux autres leurs faiblesses, leurs failles, leurs défauts. A son avis, la vérité est toujours bonne à dire, même quand elle entraîne des blessures. Et il blesse avec naïveté, avec maladresse et parfois avec férocité. Il a toujours l'air étonné par la réaction des autres.

A présent que la maladie s'est installée dans son corps comme une femme sèche et laide, à présent qu'il se bat tout en feignant de l'ignorer, il connaît la solitude dans ce qu'elle a de plus insupportable.

Il est face à lui-même, sans témoin, sans faire-valoir, sans victime. Il est seul dans ce lit qui a pris les formes de son corps amaigri, à côté de cette pile de boîtes de médicaments, devant ce mur sali par l'humidité et qui ne cesse d'avancer ; il a peur que les quatre murs ne se mettent à se rapprocher de son lit jusqu'à former une case pour ne pas dire une tombe. Il voit bien ce qui pourrait se produire : comme au temps des pharaons, la pièce où il souffre se transformera peut-être en demeure éternelle, fermée hermétiquement. Cette image provoque chez lui un début d'étouffement ; il se lève en criant, ouvre la fenêtre et aspire l'air froid. Il tousse, boit une gorgée d'eau, avale de travers ; il jette le verre. Sa femme accourt, l'aide à se maintenir debout face à la fenêtre ; de ses mains elle appuie sur sa poitrine pour atténuer la violence qui secoue ce corps frêle, mais encore solide. Une fois la crise passée, il s'écroule de fatigue dans son lit ; il trouve le moyen de faire deux ou trois remarques à sa femme. Elle ne répond pas. D'habitude elle réagit, et c'est la dispute. Là, elle s'assied sur son tapis de prière et s'adresse à Dieu. Du fond de sa lassitude, il la taquine :

« Tes prières n'arriveront pas jusqu'au ciel... Elles butent contre le plafond ; d'ailleurs c'est parce que tu pries trop que le plafond est fissuré.

Regarde, tes prières sont toutes là... Il suffit de passer une couche de peinture pour les effacer ! Le toit de la maison est lourd de ces balivernes que tu envoies à longueur de journée. Plus il est lourd, plus je manque d'air, et plus j'étouffe. Voilà pourquoi les médicaments ne servent à rien. Leur effet est annulé. Alors à quoi bon les prendre ? J'ai tout expliqué à mon ami le médecin. Mais, par égard pour toi, il m'a contrarié ; il m'a soutenu que tu n'es pour rien dans ce qui m'arrive ; mais s'il parle, c'est parce que tu as réussi à l'inscrire dans ton parti. Moi, je suis l'unique adhérent de mon parti. Si je démissionne, il n'y aura plus rien. De toute façon, je suis voué à la solitude, depuis toujours. Je n'ai jamais compté sur personne. J'ai tout fait tout seul. Je sais, il n'y a pas de quoi être fier, mais c'est une précision utile, pour ton information. Je sais que je me répète. Il le faut bien car, avec les femmes, il faut de la répétition... Tiens, elle est partie. Je parle tout seul. Ce n'est pas bon, ça ! C'est même inquiétant. Oh ! je devrais la ménager un peu, mais je n'y arrive pas. Je lui en veux. Nous avons passé trop d'années ensemble. Je ne peux même pas dire que nous vieillissons ensemble. Je vieillis seul ou, plus exactement, nous vieillissons chacun de son côté, chacun dans son coin. Quand j'ai une crise d'asthme, il est de son devoir d'épouse de m'assister, de me donner à

boire, bref de m'aider à tout faire passer. Je n'ai pas
à la remercier. Elle non plus ne m'a jamais remer-
cié. C'est ainsi. C'est une question d'éducation. On
leur apprend à se méfier des hommes. Normalement elles s'en méfient, mais elles les provoquent
en les contrariant en permanence. C'est cela leur
revanche. Je me souviens de l'époque où Fès était
envahie par une épidémie de typhus. J'étais enfant.
Mon père comptait les cercueils qui passaient par
notre rue. Presque tous les enterrements emprun-
taient cette rue, car elle donnait sur la porte en face
du cimetière. Le soir, il nous communiquait les
chiffres : cent deux morts se composant ainsi : vingt
anges, soixante innocents et vingt-deux femmes !
Elles ne sont peut-être pas responsables du typhus,
mais elles résistent plus que les hommes au virus.
Mon père exagérait un peu. Il n'aimait pas les
femmes ; elles l'avaient fait souffrir. Mes quatre
frères sont tous morts avant leurs épouses. C'est
quand même curieux ! C'est peut-être une coïnci-
dence, mais je ne peux pas m'empêcher de penser
qu'elles ont, chacune à sa manière, précipité leur
fin. Ça doit être la stratégie de la mienne. Je le
pense, mais je n'ose pas le dire. Je le laisse
entendre, comme ça, au détour d'une réflexion. Je
sais que si mes fils m'entendaient parler ainsi, ils me
feraient la guerre. Ils sont victimes des larmes et des
scènes dramatiques que leur joue leur mère chaque

fois qu'ils viennent nous voir. C'est cela ma solitude. Personne pour me comprendre. Personne pour me défendre. Personne pour me rendre justice ! Ajoutez à ça, en cette journée sinistre, personne à qui parler. Alors je me tais. Je ferme les yeux pour ne plus voir ce que je vois, car tout me déplaît dans cette maison. Je ferme les yeux et je regarde ailleurs, au loin, au temps de mes vingt ans à Melilla, au temps de l'élégance et de la séduction. Je m'installais au café *Central,* habillé comme un prince britannique, portant un monocle, et j'observais les belles Espagnoles. J'étais intimidé moi-même par leur regard discret. Je sentais une caresse sur l'épaule, et cela me suffisait pour remplir ma journée. J'ai toujours été fasciné par les femmes, par leur corps, leur parfum, leur jeu. J'aurais dû rester un homme libre, disponible, séducteur. J'aurais passé une bonne partie de ma vie sur les terrasses des cafés, et je ne serais pas aujourd'hui malade, enfermé dans cette chambre humide, dans ce lit creux, face à ce mur fissuré, avec cette femme qui ne sait que prier, entouré des fantômes de mes amis morts, expédiés au ciel trop tôt, m'abandonnant à la solitude et aux souvenirs usés, fatigués, pâles et peut-être même inexistants.

» Certes, Lola a bel et bien existé. J'ai encore sa photo. Mais les autres femmes qui me caressaient du regard à la terrasse du *Central,* c'est de la pure imagination. Je ne suis plus un adolescent pour croire à ces images embellies. Je suis un vieillard qui se lamente parce que ses bronches ont été attaquées par un reste de nicotine, par le vent d'Est, le mauvais œil et par la présence d'une épouse qui passe son temps à me contrarier. Je suis probablement injuste envers elle, mais il me faut bien quelqu'un sous la main pour dépenser cette énergie qui me fait vivre. C'est curieux, j'ai besoin d'elle ; je ne supporte pas quand elle part en vacances chez sa fille ou chez son fils ; mais, dès qu'elle est là, elle m'énerve. Je tremble de peur (mais je ne le fais pas voir) quand elle tombe vraiment malade. Je panique, mais je dissimule bien mon émotion. J'avoue que je cesse de la taquiner, mais ça me manque ! Entre elle et moi, il y a plus de malentendu que de tendresse. De toute façon, la tendresse, je m'en méfie. C'est de la faiblesse, un piège, une forme d'hypocrisie qui ne sied pas bien à notre façon d'être. La tendresse, l'amour, les embrassades... On dirait que ce n'est pas pour nous ; on dirait que c'est importé. Ces manifestations relèvent de l'impudeur.

» Suis-je prodigue, moi qui râle tout le temps, qui proteste et critique sans retenue ? Suis-je prodigue quand, du fond de mon silence, je fais naître le désir pour une femme sans doute imaginaire, mais qui pourrait tout à fait exister et être là en ce moment d'extrême solitude, caresser mon corps, calmer la douleur, me faire oublier mes handicaps, mes nerfs agités, mon sommeil troublé, mes colères injustes ?

» Ainsi je suis fait. Je me l'avoue volontiers à moi-même, mais pas face aux autres. La sévérité à l'égard de moi-même, je la garde pour moi ; je n'ai pas à la clamer sur les toits ; c'est peut-être pour cela que je n'admets pas que les autres me jugent ; enfin, peu nombreux ceux qui osent le faire... Quand j'y pense, je constate qu'ils le font en s'absentant, en accentuant ma solitude, en m'isolant. Aucun de mes neveux n'est venu prendre des nouvelles de ma santé... Oh ! je les vois tous se précipiter le jour de ma mort... je n'aime pas y penser... je suis superstitieux... ils seront bien obligés de laisser leur commerce, de rater quelques affaires et de se présenter devant le vieil oncle pour un dernier salut. Leur journée sera ainsi gâchée. Mince vengeance, toute petite revanche ! Dans cette famille, le record des présences se réalise davantage dans les enterrements que dans les mariages. Je garde la liste de ceux qui n'avaient pas jugé utile de se déplacer pour le mariage de mon fils aîné. Je sais leur motivation. Elle est aussi stupide que ma rancune.

» Quel jour sommes-nous ? Un jour sinistre, un jour sans soleil, sans joie. C'est peut-être un vendredi. Qu'importe ! Il faut que je retrouve mes forces pour aller à Casablanca. Je manque de marchandise. Il faut que je prépare la veille des fêtes. Les musulmans aiment bien s'habiller en blanc les jours de fête. Je dois me déplacer. Quatre cents kilomètres ! Une journée de voyage ! Je pourrais bien faire ma commande par téléphone, mais il y a toujours un fils d'adultère qui me fourguera une pièce défectueuse. Ils sont comme ça, les gens ; si tu leur fais confiance, ils te trompent. »

Il a pris l'autocar pour Casablanca. Ce sont de vieilles machines où on entasse les gens, roulant n'importe comment, s'arrêtant souvent pour prendre des voyageurs. En général, les touristes aiment bien ce genre de voyage. Ils disent que c'est pittoresque et que cela leur permet de mieux découvrir le pays. Ils supportent sans broncher la poussière, la fumée des cigarettes, le manque d'hygiène, le bruit et les lamentations des mendiants qui montent aux différents arrêts. Ce n'est pas un voyage, mais un cauchemar. Il le sait bien et le supporte. Le fait qu'il puisse entreprendre un tel déplacement le rassure. Il nargue la maladie et ses proches qui essaient de l'empêcher de faire ce voyage. Il souffre, peste en silence, se moque des voyageurs vulgaires, mais tient à ce que la vie continue comme si rien n'avait changé, comme si son corps était encore plein d'énergie et de jeunesse. Ce n'est pas le corps qui se fatigue, mais le regard qui est blessé. Il n'est pas satisfait de ce qu'il voit, de ce qu'il entend. C'est la nostalgie qui lui donne de la peine. Il se demande pourquoi les choses changent puisque les gens sont toujours les mêmes, pleins de leur suffisance, contents d'eux-mêmes, bien installés dans leurs certitudes et leur médiocrité. Il s'étonne quand il s'égare dans les rues de Casablanca, quand il ne retrouve plus ni les visages ni les lieux d'antan. Chaque voyage est une épreuve. Les fils remplacent les pères dans les entreprises. Il ne les reconnaît plus. Cela l'énerve ; il n'ose pas demander des nouvelles de tel ou tel ; il a trop peur d'apprendre la mort des uns et des autres. Ce décalage, ces changements fréquents lui font mal. Comme avant, il examine la marchandise, choisit la qualité des tissus, passe la commande, essaie de faire baisser le prix, règle ses factures et repart, soulagé. Il sait qu'on va le tromper, que certains se moquent de lui. Il n'est pas dupe. Il poursuit son travail avec la même rigueur qu'il y a cinquante ans.

La marchandise arrive, en retard et en mauvais état. Dans le tas, il trouve toujours une pièce non conforme à son choix initial. Il ne se laisse pas faire, proteste par téléphone et par écrit, renvoie le tissu défectueux, attend des semaines la réaction du vendeur. Cela l'occupe et lui donne des forces ; il prend sa revanche sur la malhonnêteté des gens et sur le temps. Il devient plus fort que le temps, un vieil et redoutable compagnon, un pirate boiteux, un ciel vide, une plage blanche, une terre pleine de trous et de puits, un désert de silence, une main traîtresse, un regard perfide. Ah ! le temps ! Il le confond souvent avec l'époque dont il connaît les rouages, les pièges et les rires. Il s'est toujours battu pour que sa mémoire reste intacte, hors de portée du temps. Ses souvenirs sont bien ficelés. Aucun ne s'absente. Ils sont là, toujours présents, prêts à réapparaître, fidèles, précis, inchangés. Il lui arrive de se répéter. Ce n'est pas de l'oubli, mais de la peur. Il vérifie sa mémoire, il fait l'inventaire. C'est ainsi qu'il se dégage de la vieillesse.

Une de ses fiertés, c'est cette fidélité au passé. C'est aussi son regret, car il sait qu'il est en train de devenir le dernier témoin d'une époque. Il regarde autour de lui de nouveau et il découvre qu'il est seul dans un désert. Il n'y a plus personne. Morts ou disparus. Ils sont tous partis, laissant ici ou là quelques souvenirs, des images, l'écho encore suspendu des voix. Il tend l'oreille et se réjouit de les entendre bavarder autour d'une table ronde, jouant aux cartes, buvant du thé et riant à propos de tout et de rien. Ils ne doivent pas être très loin. Cela l'inquiète : c'est lui qui s'approche d'eux. Sa vision devient plus précise : ils sont sous terre ; les fourmis ont mangé leur chair ; leur visage n'est qu'une carcasse ; ils n'ont plus de visage ; seules, les dents sont encore à leur place. Les voix continuent de lui parvenir, mais de plus en plus brouillées et indistinctes. C'est peut-être cela la mort : des voix familières qui traversent la terre et nous arrivent méconnaissables.

Les objets sont méchants. A ses yeux, ils méritent d'être gardés dans une cave ou une pièce isolée, entassés les uns sur les autres sans ménagement, renvoyés à leur usure et à l'infirmité.

Il ne jette rien. Il garde tout. Les objets qui ne servent plus sont déposés dans un débarras, rongés par la moisissure ou la rouille. Pièces à conviction d'une vie bien remplie, les objets sont rangés dans leur formidable inutilité. Ils sont les repères du temps, même s'ils ne signifient rien de précis :

ampoules mortes, bougies cassées, lampes brisées, robinets, fers à repasser électriques ou à charbon, des centaines de clés de toutes les tailles, des postes de radio, des clous, des ficelles, des chaises à qui manque un dossier ou un pied, des chaussures, des miroirs éteints, des paquets de cahiers scolaires, des cartables déchirés, des cannes, une paire de gants et même un dentier...

Depuis qu'il a perdu toutes ses dents, il n'a jamais eu la patience de prendre le temps pour s'habituer à manger avec un dentier. Il ne l'a pas jeté, mais gardé avec ces objets qui racontent son histoire.

Il a horreur de devoir réparer ce qui tombe en panne ; il essaiera d'arrêter un robinet qui coule avec un bout de ficelle. Il n'est pas doué pour le bricolage, et pourtant il fait tout pour s'entendre avec ces choses qui se dérèglent. Dans un premier temps, quand un appareil ne fonctionne plus, il le laisse en l'état, espérant un miracle ; ensuite, il fait une tentative d'arrangement, manipulant les tuyaux, tournant les boutons, tapant sur les clous... puis il renonce après l'avoir maudit. Il a la volonté du bricoleur, mais n'a aucun savoir-faire. Il déteste les réparateurs, les dépanneurs, surtout les plombiers. Il ne comprend pas pourquoi un appareil s'arrête de fonctionner. Il ne comprend pas non plus pourquoi un mur se fissure, pourquoi le fer se laisse attaquer par la rouille.

Entre lui et le monde des objets, il établit une sorte de compétition. Il pense que si les objets sont méchants, c'est parce que malgré tout ils ont la vie dure. Il les observe un par un et se dit : « Quelle misère, quelle injustice ! ils me survivront ; réparés ou pas, ils continueront d'être là, posés, qu'ils soient utiles ou inutiles ! »

Il a du mal à réparer ce qui ne cesse de se briser en lui ; il refuse d'admettre que ce corps, qui a tellement enduré et supporté bien des fatigues, puisse le lâcher et ne plus répondre avec rapidité et agilité à l'effort qu'il lui réclame. La vieillesse, c'est cette rupture, ce vide qui s'installe dans le corps et tourmente l'esprit. L'accepter, c'est s'avouer vaincu, fini, c'est se laisser démissionner et se laisser partir sans avoir son mot à dire.

Obsédé par le souci d'éternité, il n'a jamais admis pourquoi ses cheveux sont tous tombés, sa vue a baissé, son ouïe s'est détériorée et ses bronches se sont encombrées de microbes. Avec la même obstination, il n'a jamais voulu comprendre pourquoi la monnaie se dévalue. Il rappelle toujours qu'il avait acheté sa première maison pour cinquante mille centimes. C'était en 1920 ; un rial — vingt-cinq centimes — suffisait pour faire les provisions de la semaine.

Éternité des valeurs ; immuabilité des choses. Il n'aime pas ce qui bouge et lui change son paysage. Il n'aime pas le mouvement, ni la vitesse ni les gens pressés. Les années n'ont qu'à se succéder sans trop faire d'histoires. Pourquoi impriment-elles leurs marques, — des sillons profonds — sur les visages, dans le corps et la mémoire ? La maison suffit pour témoigner de leur passage. Elle est vieille et lourde. Elle est certainement plus âgée que lui. Construite au début du siècle par une famille juive — il l'a achetée au rabbin de Tanger —, elle est aujourd'hui très fatiguée. Attaquée de tous côtés par l'humidité, elle a besoin d'entretien. Avant, on ne prévoyait pas de chauffage dans les maisons. Le Maroc a la réputation d'être un pays chaud. Or, depuis quelques décennies, l'hiver y est rude. Est-ce la terre qui s'est refroidie ou est-ce le Marocain qui a découvert les vertus du chauffage ? Ces vertus, lui, non seulement il ne les connaît pas, mais il refuse de les introduire dans sa maison. Voilà pourquoi la maison est habitée par le froid. Il suit du regard les fissures dans le mur, mais ne les reconnaît pas. Il dit : « Mais non, ce ne sont pas des fissures, c'est juste la peinture qui fout le camp ! » Il n'a certes ni le courage, ni l'envie, ni la force de faire des travaux dans cette maison. Il sait qu'en réparant tout dans cette vieille demeure, il se piégerait lui-même. A quoi bon installer un confort qui ne manquera pas de narguer sa santé, sa lucidité et ses défenses ?

« Ils veulent tout le temps réparer quelque chose dans cette maison ! On dirait que quelqu'un les a payés pour ça ! Si je refuse d'installer le chauffage, ce n'est pas par économie, c'est que mon corps ne le supportera pas. Dès que je sortirai, j'attraperai froid ; or, j'ai les bronches fragiles. Eux, les ennemis, ne pensent pas à ces conséquences ; ils veulent être à la mode, être modernes ; or, moi, je prétends que cette modernité n'est pas faite pour moi. Je suis un homme simple. Je n'aime pas l'apparence et le gaspillage. Je suis d'une autre époque et peut-être d'une autre civilisation. J'ai mis beaucoup de temps avant d'accepter que les plats que je mange soient cuits au gaz. Je suis un homme de la tradition et je reste le seul dans cette maison à vanter les mérites des ancêtres. Il m'a fallu du temps pour admettre l'utilité d'un réfrigérateur. Je déteste ce qui est conservé artificiellement. Telle qu'elle est, la maison me convient. Je me souviens du jour où mes enfants ont voulu m'offrir le pèlerinage à La

Mecque. D'abord je n'ai jamais été attiré par cette foule qui se bouscule et se piétine, ensuite je préfère garder des lieux saints l'image que je m'en suis faite, enfin j'ai compris qu'on voulait m'éloigner quelques semaines pour entreprendre des transformations dans la maison. Ça ! Jamais ! Tant que je suis ici, pas un plombier, pas un maçon n'entrera dans ma maison. Ce sont des parasites, complices du temps qui détruit nos cellules.

» Mais pourquoi veulent-ils tout le temps réparer quelque chose ou quelqu'un dans cette maison ? Il y a une fuite d'eau dans la salle de bains. C'est gênant, mais est-ce que ça nécessite le dérangement d'un plombier ? Avec un peu de patience, on peut repérer le trou et le colmater. J'aurais pu le faire, mais ma vue est mauvaise. Et pourquoi cette fenêtre ne ferme pas ? C'est normal, le bois a parlé tout l'été. Je la coince avec un gros coussin. C'est simple. Avec les objets, on peut toujours s'arranger ; il suffit de savoir s'y prendre : ne pas les brutaliser. Moi aussi, il ne faut pas me brutaliser. Pour le moment tout est à sa place. Cette immobilité m'inquiète. N'y pensons plus. »

Il somnole dans un silence ponctué par le bruit de l'horloge. Cette régularité l'agace. L'aiguille avance toutes les secondes. Il relève la tête, regarde en direction du buffet, puis se décourage et fait un geste d'impuissance de la main. L'âge, l'histoire dense qu'il a traversée, ses voyages pénibles, ses endurances, ses épreuves accumulées, lui servent aujourd'hui de bulletin de santé ou de brevet d'une vie bien remplie. Cela semble l'autoriser à donner des leçons aux uns et aux autres. Il sent que ses expériences liées à son intelligence devraient servir aux autres. Mais rares sont ceux qui lui demandent conseil. Il en souffre. Il se compare à une bibliothèque que personne ne consulte : livres d'histoire, ouvrages de morale, de sociologie et même d'économie politique. Une vision du monde et une philosophie qui ont du mal à se diffuser. Il refuse de penser que c'est à cause de son caractère que les gens ne s'intéressent pas à lui.

« Je ne veux que leur bien. Quel mal y a-t-il à vouloir leur communiquer les leçons de mes expériences, le résultat de mes épreuves, la substance d'une vie commencée avec le siècle ? Je sais, la plupart préfèrent demander conseil à leur femme ; ils sont obligés ; ce sont des hommes soumis ; ils croient que les femmes sont bonnes conseillères ; les pauvres ! En fait, ils se soumettent à l'avis de leurs épouses parce qu'ils ne peuvent pas faire autrement. C'est normal, ils cherchent à éviter l'enfer. Vous me voyez en train de discuter avec une femme, l'écouter, puis lui répondre sur un ton poli, considérer la situation à partir de plusieurs approches, comme si on était au Parlement britannique ? Non ! Je ne me souviens pas d'avoir eu un dialogue avec une femme. Peut-être que j'ai eu tort, mais mon tempérament me l'a toujours déconseillé. Mon tempérament est mon meilleur ami et allié. Je lui fais entièrement confiance. Ceux qui consultent leurs femmes à propos de tout et de rien n'ont pas de tempérament. Mes fils m'ont déçu : non seulement ils ne demandent jamais mon avis, mais ils suivent à la lettre les décisions de leurs épouses, puis écoutent les conseils de leur mère. Ils sont doublement dans l'erreur. Je ne sais pas à quoi ressemble leur vie. Je sais que leurs femmes sont indifférentes à mon égard. De là à ce qu'elles me manquent de respect, il n'y a qu'un cheveu. J'aurais aimé établir entre mes enfants et moi une relation amicale. Là est mon échec. Je les vois plus proches de leur mère que de leur père. Ce n'est pas étonnant. Je suis l'unique membre de mon propre parti ; ça ne fait rien ; j'ai toujours été seul et j'ai eu raison. A présent, je n'ai plus qu'à acheter une botte de foin et la garder là, à mes côtés ; j'en mangerais au cas où quelqu'un me prendrait pour un âne ! »

Cette image, il la répétera souvent, avec des variantes. L'âne sera tantôt un agneau, tantôt un mulet ; la botte sera composée de foin, de paille ou d'orge. Et lui sera toujours le même, assis à la même place, fatigué de la vie et de lui-même, allant et venant dans une ruelle étroite, levant les yeux au ciel où des nuages épais se sont ligués contre lui en cette journée interminable.

Sait-il que la répétition est insupportable ? La même phrase dite et redite sur des tons différents, avec une rage de plus en plus forte, avec une obstination et une insistance qui ont pour but de creuser un sillon profond et douloureux comme une blessure dans le corps de la personne qu'il a en face ou à côté de lui. Parfois l'insistance donne l'impression qu'il dit cette phrase pour la première fois et se fâche si on ne l'écoute pas avec l'attention qu'il exige. Cette tyrannie est inévitable. Ce qu'il dit n'est pas insensé ni inintéressant. Mais cela le devient à force de creuser chaque fois un peu plus le gouffre d'incompréhension entre lui et les autres.

Avec une mémoire en excellent état et d'une haute précision — quand il raconte un fait vieux d'une soixantaine d'années, il donne les noms exacts des personnes dont il s'agit, décrit les objets et va jusqu'à en donner le prix d'achat à l'époque —, il dame le pion à tous ceux qui ironisent sur son âge. Il se plaît à leur donner une leçon du souvenir gardé précieusement, et fidèlement retransmis. Là-dessus, personne ne se hasarde à le contredire. Il est considéré dans la famille comme la référence la plus sérieuse pour les dates exactes des événements marquants : naissances, mariages, décès, brouilles, divorces, voyages importants, retours, jours de neige — deux en cinquante ans ! —, circoncisions, remariages, faillites, affaires, jours de grève contre la présence française, etc.

Il a un grand cahier où tout a été noté, y compris le prix de la botte de menthe achetée le jour de la circoncision d'un de ses neveux — aujourd'hui âgé d'une soixantaine d'années !

Du temps où la famille se réunissait, il s'amusait à lire à haute voix certaines pages du grand cahier. Rien n'y est dissimulé, ni le prix des choses ni les anecdotes qui ont eu lieu au cours de telle ou telle cérémonie :

« Aujourd'hui, vendredi 1er Moharem de l'année de l'Hégire 1362, est né un garçon chez mon frère Mohamed, de sa deuxième femme noire Izza. La femme blanche est partie en vacances chez ses parents, à Sefrou, avec ses enfants. Son frère est venu la chercher. Le voyage en car a coûté trois rials. Ils ont emporté avec eux une jarre de viande conservée. Avant de quitter la maison, elle a fermé à clé la chambre des provisions, les placards de la cuisine et, bien sûr, sa chambre à coucher. Izza a tout remarqué, et n'a rien dit. La troisième femme noire, Dada, malade, s'est levée pour aider Izza et la soutenir moralement. La sage-femme était réticente. Je suis allé la chercher le soir et je dus lui donner une avance. Ce fut une naissance triste. Mon frère ne se rendait pas compte de ce qu'il avait fait. Le garçon est né avec le lever du jour. Il est noir, aussi noir que sa mère. Le baptême eut lieu le vendredi d'après. Aucune personne de la famille ne s'est déplacée. J'avais honte. On a égorgé le mouton — acheté à treize rials — à la sauvette. Les deux esclaves pleurèrent en silence. Nos autres frères sont venus au magasin d'El Attarine souhaiter la bienvenue à ce nouveau-né. Ils n'ont pas fait de commentaire. Ce sont leurs femmes qui ont dit des méchancetés. Après quarante jours, la femme blanche est revenue.

Écrit à Fès, le 10 Safar 1632 de l'Hégire. »

Il ferme le cahier et raconte de mémoire la suite. Il cite notamment les disputes qui eurent lieu dans la famille après cet événement, établit un classement entre les indifférents, les réticents et les méchants. Il n'épargne personne. Il rapporte dans le détail les réactions et commentaires de chacun :

« Il faut se méfier de la progéniture des esclaves », a dit Fatma. Aïcha a ajouté : « Si ça continue, elles nous mettront bientôt hors de chez nous ! » Khadouj a dit : « Il faut se méfier ; le garçon vengera un jour sa mère ! » Et puis Malika : « Je pensais que les Noires ne servaient qu'à faire le ménage, pas à faire les enfants ! »

Toutes ces phrases sont autant de blessures dans le cœur de ce neveu aujourd'hui fonctionnaire respectable et qui, de temps en temps, vient voir son oncle pour qu'il lui raconte pour la énième fois les conditions de sa naissance. Pour que le tableau soit complet, il évoque la situation politique au Maroc à l'époque, cite les noms des officiers dépêchés par la France pour le maintien de l'ordre dans un pays où le mouvement nationaliste commençait à se manifester, à Fès notamment.

La guerre, presque toute la Seconde Guerre mondiale, était empilée dans un carton fermé et ficelé : une centaine de numéros de *Life* ainsi que d'autres magazines américains vantant le courage et la gloire des soldats qui débarquèrent en Normandie.

Lorsqu'il quitta précipitamment Fès pour Tanger, il dut confier le précieux carton à un parent, lequel l'oublia dans une cave humide lors d'un déménagement. Ainsi une partie de ses repères se perdit, le rendant étranger à l'histoire de cette guerre dont il ne connut que les effets secondaires comme la pénurie, un début de famine et les images de l'horreur nazie telles que le monde entier les découvrit après la défaite allemande. Il reste persuadé que la démence hitlérienne avait inscrit dans son programme l'élimination des Arabes après celle des juifs.

« A présent les rats de la médina de Fès en savent plus long sur la Seconde Guerre mondiale que mon imbécile de cousin chez qui j'ai eu la bêtise de laisser le carton d'histoire. Confier un trésor à cet ignare, c'est comme servir des perles aux poules et du gingembre aux ânes. Je suis entouré d'ignorants ; ils m'énervent parce qu'ils ne se rendent pas compte du mal qu'ils font. Il arrive même que certains affichent une prétention et une suffisance insupportables. Ceux-là, je ne peux pas ne pas être méchant avec eux. Je leur donne un surnom. Au début, tout le monde trouve cela inconvenant, puis, petit à petit, le surnom leur colle à la peau du visage et exprime la vérité : il y a le consul, ce neveu, pas antipathique, à qui sa mère prédisait une carrière diplomatique et qui vend aujourd'hui des djellabas pour touristes ; il y a sa cousine obèse à la peau blanche que j'ai surnommée la Jarre blanche ; et puis il y a le Monstre, à cause de la voix enrouée qui fait peur aux enfants ; et le Rabbin à cause de la manie du secret et du chuchotement ; puis il y a le Prieur, celui qui prie trop ; trop prieur pour être honnête !... »

La palme revient à sa femme, qu'il affuble d'une infinité de surnoms. Il ne l'a jamais appelée par son prénom. La nommer, c'est la reconnaître et la respecter : l'Araignée ; *Media-Mujer* [1] (elle est petite de taille) ; le Bruit ; le Tonnerre... ceci en temps de paix. En temps de colère, il va plus loin : la Charogne, la Démente, etc.

Cette manie qu'il a de caricaturer les autres lui vaut beaucoup d'ennuis. Il s'en rend compte aujourd'hui. Il est isolé. Il n'a su garder l'estime de

1. En espagnol dans le texte.

personne ou presque personne. Ses mots sont des braises qui tombent sur des blessures ; ses paroles ont l'effet d'une arme blanche tranchante ; ses rancunes sont animées par une bonne mémoire et un orgueil démesuré. C'est un rebelle à l'âme tourmentée et insatisfaite. S'il avait fait de la politique, il aurait été un anarchiste, un briseur d'illusion. D'ailleurs il ne croit jamais ce que racontent les hommes politiques à la radio et à la télévision. C'est un homme en colère qui se dit homme de culture et ne trouve personne digne de son rang.

Il suffit parfois d'un mot, d'un geste pour le rendre bon, émouvant, heureux. Au fond, sa méchanceté est superficielle ; elle est faite de mots et de calembours, et les mots bien souvent dépassent sa pensée. Il sait qu'ils courent plus vite que sa volonté. Ils le trahissent, mais il ne s'en plaint pas. Pour lui, ce ne sont que des mots, et les gens ont tort de les recevoir comme si c'étaient des pierres ou des flèches. Le langage le fascine parce qu'il lui permet de faire faire des acrobaties à son intelligence. Quand il ne peut pas prouver ses connaissances en matière d'épices ou ses talents de tailleur, il joue avec les mots et souvent aux dépens des autres. Lorsqu'il exagère, il dit qu'il s'est trompé d'épice. Cela le flatte d'avoir de l'humour et de

74

l'ironie. Pour être à l'abri des critiques, il ne se ménage pas. Il ne comprend pas pourquoi les autres se fâchent quand ils sont victimes de ses sarcasmes. Il aime les gens. Il est heureux quand la maison est pleine d'invités. Pour marquer sa joie, il allume toutes les lumières. On ne sait pas s'il est content parce qu'il a un public pour ses plaisanteries ou bien parce qu'il est flatté par leur présence. S'il est acerbe avec les femmes, c'est sans doute parce qu'il les aime trop. S'il leur en veut, c'est parce qu'il n'arrive pas à les séduire toutes. En revanche, il est clair et net avec les enfants : il ne les supporte pas ; il les trouve agaçants, mal élevés, gâtés et roublards. Le bruit qu'ils font le dérange. Il n'aime ni les animaux ni les enfants. Il préfère les plantes. Il est capable de passer une journée entière dans le petit jardin à soigner ses arbres et ses fleurs. Il s'oublie. Il rêve. Cela adoucit son humeur. Les enfants ne sont pas tendres avec lui. Ils le provoquent. Ils sont sans pitié. Lors du mariage d'un de ses neveux, il avait suggéré d'interdire l'accès de la maison aux enfants ; c'était pour rire, mais il devait le penser vraiment. Le marié, qui avait repéré un gosse terrible, engagea un gardien pour s'en occuper et le mettre hors d'état de nuire durant la fête. C'est étrange : un anarchiste qui n'aime ni le désordre ni la fantaisie. Il n'apprécie pas non plus ce qui est superflu, tout ce qui peut flatter l'appa-

rence et alimenter la vanité. Il est depuis toujours à
la recherche de quelque chose de rare et d'indéfinis-
sable. C'est son secret. Il rend visite souvent aux
antiquaires et se promène dans les marchés aux
puces. Il s'arrête, examine les objets anciens, puis
continue son chemin.

« Un jour j'ai trouvé un superbe miroir vénitien !
Un miroir immense, lourd, un peu abîmé. J'en suis
tombé amoureux. Je le voulais tout de suite sans
même savoir où je l'accrocherais. Il me plaisait. Il
devait avoir au moins cent ans. En tout cas, il est
plus vieux que moi ; j'ai été heureux de le sauver car
il aurait pu être acheté par un propriétaire de
bordel et le miroir n'aurait renvoyé que des images
dégoûtantes, lui qui a dû servir dans une grande
famille et qui doit avoir une mémoire fabuleuse. Il
aurait pu être brisé par un violent coup de vent
d'Est. Je l'ai sauvé. J'ai loué un porteur avec un
chariot, et nous avons traversé la ville devant les
gens ébahis. Moi, j'étais derrière, je suivais les
éclats de lumière que renvoyait le beau miroir.
Il enchantait les passants ; les murs de la ville et
une partie du ciel passaient dans cet espace magi-
que. Il renvoyait des images embellies comme s'il
renaissait des ténèbres où il avait été déposé et
oublié.

» Depuis que je l'ai installé — je suis le seul à en connaître la valeur —, je ne cesse de l'interroger. De temps en temps, il me semble y voir un visage, une main gantée, un jardin sous la brume. Je me plais à croire qu'il a appartenu à une dame aussi envoûtante que la Dame aux camélias. Car le visage qui y apparaît de manière furtive est beau, mais pâle ; de grands yeux, une belle chevelure, mais un regard plein de mélancolie. C'est peut-être une femme que j'ai aimée et que je n'ai jamais rencontrée. Il m'arrive de penser à une femme ; je l'invente en partie ; je l'habille, je la parfume et j'attends comme un adolescent son arrivée. Bien sûr, elle ne s'est jamais présentée à moi. Même le souvenir de Lola ne lui ressemble pas. Il m'a fallu du temps, de la patience et de la passion pour enfin apercevoir son visage grâce au miroir vénitien.

» Je me souviens d'une jeune fille à la peau très blanche, spontanée et intelligente, qui était venue à la maison pour s'occuper du ménage. Cette fille m'a troublé. Avec elle, j'étais maladroit. Elle en profitait et me provoquait. Je me souviens avec précision de ses petits seins frais et rouges de plaisir qu'elle laissait en liberté sous un chemisier. Ils étaient très visibles quand elle se penchait sur moi pour me servir ou pour laver le sol. C'était une garce. Ma femme a failli perdre la raison avec elle. Elle avait

pour elle la jeunesse, un corps impatient de recevoir les caresses, un joli visage, et beaucoup,
énormément d'insolence. Ma femme l'a renvoyée.
Elle nous a quittés en pleurant. Elle m'a téléphoné
deux ou trois fois au magasin. J'étais perturbé,
affolé. Il m'arrive aujourd'hui encore de la regretter. Quelle épreuve ! J'avais peur de ne plus me
maîtriser. La folie s'était brutalement infiltrée chez
nous. Un jour, elle est allée raconter à des voisins
que le vieux n'en a plus pour longtemps, qu'elle va
bientôt l'épouser, évincer la vieille et refaire sa
vie... Ce genre d'histoire est courant dans ce pays.
On se serait cru dans un de ces interminables
feuilletons égyptiens. Elle voulait adapter ce qu'elle
regardait à la télévision. La télé, c'est sa culture, ses
repères, la source de ses rêves. Ah ! Elle était bien,
cette petite, mais elle a bien fait de partir. Je
préfère. Là, je la vois comme je veux. Je fais ce que
je désire de son image, de sa silhouette, de son rire
agaçant, de ses manies de lâcher sa chevelure tantôt
en avant tantôt en arrière.

» Mes mains tremblent. C'est le froid. Qu'est-ce
qu'elles ont vieilli, mes mains ! Mieux que le visage,
elles désignent l'âge. Je vois ces mains fatiguées
passer et repasser sur les cuisses douces et chaudes
de cette fille. Je n'ai jamais réussi à obtenir d'elle la
moindre caresse. Ses yeux, son attitude m'ont

promis tellement de choses !... Je ne suis pas un vieux fou obsédé par la beauté et le besoin de caresses. Les gens s'imaginent qu'avec l'âge le désir s'éteint. Ils se trompent. Non seulement le désir est toujours là, mais il ne cesse d'augmenter ; il peut être moins exigeant, mais il me brûle la peau et encombre mes nuits. Je refuse de m'accabler et de me sentir vaincu, fini. Il m'arrive de ne plus contrôler mes gestes ; mes mains ont tendance à se poser sur une épaule de femme dans l'espoir de frôler un bout de sein. Les gens ne peuvent pas comprendre. C'est violent ; je ne vais tout de même pas me mettre à prier pour oublier le feu de mes désirs. Il n'y a pas de mal à se sentir encore remué par le désir. C'est la vie qui continue à m'habiter. C'est comme ça, et je n'y peux rien. Est-ce ma faute si cette fille brûle elle-même de désir et que son corps ferme et jeune m'agresse par sa seule présence ? A qui me confier ? A qui dire tout ça ? Ah ! si Touizi était là ! Lui m'aurait compris. »

Sur la petite table est posé le carnet d'adresses. C'est un cahier d'écolier bleu de 22 cm sur 17. C'est « La Jeanne d'Arc ». Il y est dessiné, en effet, une Jeanne d'Arc sur son cheval, l'épée levée avec fierté. Le tout est posé sur un socle. En bas, à gauche du cahier, en petits caractères, la marque, Mapama. De l'autre côté, les quatre tables du calcul : addition, multiplication, soustraction, division. Entre la tête de Jeanne d'Arc et son épée, il a écrit : « Ici les numéros de téléphone de la famille, des amis et des voisins. »

Il le regarde, le feuillette, le dépose, puis le reprend en l'ouvrant au hasard :

Hadj Mohamed, Melilla 32.14 magasin ; 32.51 maison. Abdelaziz, son fils, officier, tél. de la caserne 31.01. Otman, son fils cadet, sans travail, sans téléphone.

Ils sont tous morts. Il a enterré sa femme, ses enfants, puis il s'est laissé mourir d'abandon et de tristesse. C'était un aristocrate qui a dilapidé sa fortune dans les festivités, les voyages, les cadeaux. Il s'est retrouvé à la fin de sa vie sans rien. Pas même de quoi payer le médecin. C'était un brave homme. Plus et mieux qu'un cousin, c'était un ami. Il pense à lui et sent que les larmes sont en train de monter. Il tourne la page pour ne pas pleurer. Il tombe sur Doctor Murillo 342.51 Tanger. Il l'avait sauvé il y a une vingtaine d'années quand il eut une pneumonie très grave. Il l'aimait beaucoup. Lui aussi est mort assez brutalement. Ce jour-là, il a pleuré. Il a eu vraiment peur. Il n'avait confiance qu'en lui. C'était un Espagnol installé à Tanger par amour pour cette ville ; il jouissait d'une bonne réputation. Sa mort fut ressentie par la ville comme une grande perte. Longtemps il a refusé de voir d'autres médecins.

Il tourne plusieurs pages dans l'espoir de tomber sur quelqu'un encore en vie et sympathique. Dhaoui, le boiteux. Il est bien vivant, mais c'est un salaud. Il avait été indicateur de la police espagnole, puis française et, depuis l'indépendance, il est mokadem, sorte d'agent d'autorité qui sait tout sur tout le monde dans le quartier. Il avait gardé son numéro dans le cahier du temps où des voyous jetaient des pierres sur la maison. Il avait été efficace, mais il se faisait payer. Pendant des années, il s'habillait au magasin sans régler.

Des choses sont griffonnées sur des pages. C'est illisible. Des enfants ont dû jouer avec ce cahier. Justement, sur une de ces pages, il déchiffre le nom d'un vieil ami, Daoudi, passionné de musique andalouse. Non seulement il est encore vivant, mais il se porte bien. Pourvu qu'il soit disponible. S'il n'est pas à Tanger, il doit être avec l'orchestre national de musique andalouse. Il le suit partout. On lui rapproche le téléphone, il compose le numéro et attend. Une voix de femme répond. C'est une erreur. Il refait le numéro en s'appliquant. Il est occupé. Il sourit. Cela le rassure. A la troisième tentative, il a Daoudi au bout du fil. Quelle joie ! Quelle délivrance ! Pour le faire venir il invente un mensonge :

— Mon fils vient de m'envoyer un enregistrement exceptionnel de l'orchestre de Hadj Abdel Krim Raïs. J'aimerais te le faire écouter. C'est un concert qu'il a donné en France en présence de plusieurs ministres et ambassadeurs.

Daoudi est un homme qui vit de ses rentes. Il est raffiné, gai et généreux. Il est arrivé avec un lecteur de cassettes et un petit cartable plein d'enregistrements.

— Comment ça va ?

— J'irai beaucoup mieux quand je pourrai sortir ; mais, avec ce vent et cette pluie, on ne peut rien faire. Mais te voir me fait du bien.

— Telle est l'époque ! Y en a à qui elle offre tout ; et y en a à qui elle retire tout.

— Que deviens-tu ? Toujours sur les traces de la musique ?

— De plus en plus. En ce moment, Raïs est malade. Son orchestre ne travaille pas beaucoup.

— Que penses-tu de l'introduction du piano, du saxo et autre guitare dans cette musique ?

— Ne m'en parle pas. Ça me rend malade. C'est une hérésie. Tu te rends compte, quel gâchis ! Cinq siècles de tradition brisés par ces engins... Le piano, passe encore, mais les autres instruments, c'est un scandale. Mais dis-moi comment tu vas?

— Bien. Un peu seul, mais je ne vais pas mal. Je tousse, je m'étouffe, je m'ennuie, mais ça va...

— Tu as su pour Hadj Omar?

— Celui qui ne sait plus quoi faire de son argent?

— Oui, si tu veux, en tout cas c'est le frère de Moulay Ahmed le chauve qu'on avait surnommé le Petit Fromage à cause de sa peau très blanche.

— Qu'est-ce qui est arrivé à Hadj Omar? Il est mort?

— Non. Il vient de se remarier. Sa femme est morte l'année dernière. Il a réclamé à cor et à cri une femme. Ses enfants se sont réunis et lui ont donné à choisir : le remariage contre la dépossession de toute sa fortune. Figure-toi qu'il a accepté de ne plus rien posséder, ni maison, ni usines, ni biens, pour ne plus dormir seul!

— Il a raison. Mais ses enfants sont indignes. Ils auraient pu le laisser se remarier et ne pas le priver de ses biens. Après tout, s'ils sont riches, c'est grâce à lui.

— Oui, mais les jeunes d'aujourd'hui sont sans pitié. Le jour de sa mort, la malheureuse nouvelle épouse n'héritera pas d'un centime.

— Mais ce n'est pas légal.

— Bien sûr, mais ici on s'arrange. Il a signé tous

les documents qu'on lui a présentés. De toute façon, cette fortune, il ne l'emportera pas avec lui dans la tombe !

— Donc Hadj Omar s'est remarié ! Comment est-elle ?

— Jeune ! Oui, vraiment jeune. Elle est institutrice, orpheline.

— Tu crois qu'il peut encore ?...

— Et toi tu peux encore ?...

— Moi, oui, c'est mon drame. Je peux encore et encore, mais avec qui ? Je parle de temps en temps de me remarier, un peu pour sonder les uns et les autres ; c'est sans espoir. Arrivés à nos âges, on nous croit finis ! Donc Hadj Omar est heureux.

— Oui, il a même rajeuni.

— Mais bien sûr, il n'y a que ça pour rajeunir !

— L'époque n'est pas très belle. Il y a de moins en moins de respect. Aujourd'hui les jeunes ont du mal à trouver du travail, et puis ils n'ont pas beaucoup d'ambition. On ne fait rien pour eux. T'as vu l'état des hôpitaux ! Ceux qui ont les moyens vont se faire soigner en France ; il y en a même qui vont jusqu'en Amérique. Enfin ne parlons pas de ça. C'est trop triste. Et ta santé ?

— Ma santé... pas très fort. On me contrarie trop souvent, alors je tousse et je m'étouffe. Je ne suis pas malade, je suis contrarié. Cela me fait plaisir que tu sois là. Je n'osais pas t'appeler. Et toi tu t'es remarié... je veux dire, as-tu pris une deuxième femme ?

— Oui... la musique. C'est ma raison de vivre. J'y trouve des satisfactions insoupçonnées.

— Quand j'écoute la musique andalouse, je me sens triste... Ça me rappelle toutes les fêtes qui ne se referont plus. J'associe toujours cette musique à la fête. Ça me rend nostalgique... et je n'aime pas la nostalgie. Tes enfants se portent bien ?

— Chacun a fait sa vie. Je vis seul avec leur mère dans la grande maison. J'y ai installé le chauffage. Ce n'est pas comme toi. Tu as peur du confort !

— Je n'ai pas beaucoup de moyens... Tu te rends compte que Hadj Omar était un apprenti dans mon magasin de tissu à Fès ? Je lui ai appris le métier. Il est parti à Casa, et moi, comme un idiot, je suis venu à Tanger contempler la mer et me faire fouetter par le vent d'Est. J'ai fait le mauvais choix.

Daoudi introduit une cassette de musique andalouse dans l'appareil. Ils boivent du thé. De sa main droite, il bat la mesure. L'autre s'est assoupi. Il dort à présent, pensant à ceux qui, non seulement ont fait fortune, mais se sont remariés.

Le cahier bleu est sur la table. Il suffit de l'ouvrir au hasard pour faire surgir un souvenir, un fantôme ou un personnage encore en vie.

85

On n'entend plus le bruit régulier du robinet qui coule. Il n'a pas été réparé. C'est une coupure d'eau. Les murs tiennent toujours, malgré l'humidité et le froid. Le plâtre du faux plafond a perdu des plaques. Cela fait des trous. Et le toit est toujours là.

Le réfrigérateur américain ne marche plus. Il est vieux. Impossible de savoir de quand il date. Il a été acheté d'occasion et a dû servir plusieurs familles et plusieurs générations. Le moteur fait un bruit bizarre. Il ne refroidit plus. Il n'y a qu'à laisser les aliments dehors. L'air est assez frais. Combien de tonnes de nourriture cet appareil a dû garder ? Combien de litres d'eau a-t-il refroidis ? Ce n'est pas sa première panne ; celle-ci doit être définitive. Par la porte entrouverte, il le regarde ; il l'entend, puis le moteur s'arrête ; il renonce à produire du froid et à fabriquer de la glace ; il est fatigué et n'est plus de cette époque ; alors il s'éteint.

La vie à la maison va être bouleversée par cette panne. Aucun réparateur ne voudra se déplacer. Ce réfrigérateur est connu. Tous les bricoleurs qui lui ont rendu visite savent que c'est une pièce rare et inutile. Il va falloir s'en passer, le déplacer. Pas question de le jeter. Il pourrait servir de buffet où on déposerait la vaisselle ou les fruits. Surtout il va devoir se décider à le remplacer. Il y a, certes, le marché de l'occasion. Encore faut-il y aller, ou se résigner et acheter un neuf. Les appareils montés au Maroc n'ont pas une bonne réputation. On dit qu'on les monte n'importe comment, et qu'ils ne sont pas faits pour durer. Certains arrivent encore à acheter des appareils d'importation. Lui aussi pense que les étrangers sont plus sérieux, et puis ce qu'ils fabriquent est de meilleure qualité. Ce n'est plus un préjugé, mais une certitude assez répandue. Il dit que c'est ainsi pour tout et cite les nombreux cas de gens qui préfèrent aller se faire soigner à l'étranger. Encore faut-il avoir les moyens. Lui n'ira pas à l'étranger, mais critique ceux qui le font. Il reconnaît que l'état des hôpitaux au Maroc est déplorable. Il y a une quinzaine d'années, il avait été hospitalisé d'urgence. Il garde de ce séjour un souvenir très désagréable. Et pourtant les médecins et les infirmières avaient été très attentifs avec lui. Mais il a vu tout autour de lui la corruption, la négligence, le manque de sérieux. Il se souvient surtout du manque d'hygiène.

Il n'ira pas se faire soigner à l'étranger parce qu'il n'est pas malade, parce qu'il a peur de prendre l'avion et enfin parce qu'il n'a pas les moyens de s'offrir ce luxe.

87

Il en veut pour le moment à l'Américain qui a fabriqué ce réfrigérateur. Si lui se maintient malgré quelques défaillances, pourquoi les objets se mettent-ils à se casser, à crever comme s'ils étaient doués d'une âme ? « C'est cela : le frigo a rendu l'âme juste pour me narguer, pour me créer des embêtements supplémentaires. Tout arrive le même jour ! » se dit-il.

Il ne se prend ni pour un réfrigérateur en panne, ni pour un robinet qui fuit, ni pour une maison qui vieillit. Et pourtant entre lui et les objets existe une relation passionnelle. Il ne tolère pas l'usure, que ce soit celle des objets ou celle des hommes. Les piles du transistor l'énervent quand elles meurent. Il met longtemps avant de les renouveler. Comme il n'admet pas que sa vue baisse, que son ouïe se détériore, que ses amis disparaissent, il ne comprend pas ou refuse d'accepter que les objets s'usent et deviennent inutiles. Seul, le superbe miroir vénitien, même s'il perd un peu de son éclat, ne le bouscule pas dans ses certitudes et obsessions. Il s'y regarde avec plaisir. Il est là, dans le couloir, renvoyant les images sélectives de la vie. Il aime à rappeler comment il eut un véritable coup de folie pour cet objet qui était exposé sur un trottoir. Il s'y était regardé un bon moment et avait dû y voir toutes les images emmagasinées durant des décennies. Cela l'amusait de repérer son image dans un miroir qui a vécu et devait être plein de souvenirs, d'histoires extravagantes et d'événements intimes. Il devait appartenir à une grande famille, des étrangers probablement, qui vivaient à Tanger à l'époque où c'était une ville internationale. Comme la plupart des Européens, ils ont dû quitter le pays et n'ont pu emporter avec eux le miroir. Ils ont laissé une trace, un trésor, une mémoire endormie sous verre. Il suffit de savoir se tenir en face du miroir pour l'interroger et pour qu'il livre quelques-uns de ses secrets. Un miroir de cette taille et de ce poids ne voyage pas. C'est trop risqué, comme c'est imprudent de l'exposer sur un trottoir sans savoir qui va le reprendre et l'utiliser.

A présent le miroir est là, dans cette maison où tout est tombé dans le silence. Il se lève et se dirige vers le miroir. Va-t-il le surcharger à son tour en lui confiant sa lassitude et sa solitude ? Ou bien va-t-il le garder comme témoin, comme ami et complice en ces moments difficiles où il sent que tout le monde se ligue contre lui ?

Il le regarde et l'admire sans rien y voir. Il le considère comme une sculpture, un objet d'art absolument gratuit et sans utilité.

« Ah ! si ce miroir pouvait faire disparaître quelques ennemis irréductibles ! Ce serait si simple. Il suffirait de s'y mirer durant une minute, le temps de se faire absorber sans souffrance. Alors là, il deviendrait précieux. Je vois déjà la foule s'amasser dans l'impasse, chacun traînerait avec lui l'ennemi à liquider. Il y aurait de quoi faire fortune. Disparition assurée, sans laisser de trace ! Ah ! si je pouvais mettre face à ce miroir un homme, un seul, celui que je hais avec force et rage, celui que je ne cesse de maudire depuis trente ans, mais en vain ! Cet homme, je l'appelle l'Ingrat, le Traître, la Substance de l'hypocrisie, le Parvenu qui geint, la Marmite cramée, l'Avare (uniquement avec les autres), l'Égoïste suprême, le Mécréant de la parole donnée, l'Épidémie... Ah ! si je pouvais assouvir ma vengeance, si je pouvais revenir en arrière et rectifier l'histoire, effacer un geste de confiance et de générosité que j'eus à son égard et le laisser sans rien, comme il était apparu. Ah ! le Menteur manipulé par sa femme que je nomme Cratère, Visage de lune ; elle est le regard du silence et de la complicité dans la méchanceté et la traîtrise !

» Mon histoire est simple : voilà quelqu'un que j'ai accueilli chez moi comme un fils ; mes enfants étaient encore petits ; lui arrivait les mains vides, mais les yeux pleins d'intelligence et d'ambition. Je me suis dit : " C'est exactement l'homme qu'il me faut, c'est un fils que j'aurais aimé avoir. " Surtout en ces temps difficiles où plus rien ne marchait à Fès. Les commerçants abandonnaient cette ville, ils s'en allaient faire fortune à Casablanca. Moi, je n'avais pas le courage de faire comme eux. Quand ce jeune homme arriva, j'eus l'idée de rejoindre mon frère à Tanger. Son commerce le faisait plus que bien vivre. Avec les bénéfices, il investissait dans d'autres boutiques, ce qui fait que chacun de ses fils avait son magasin. Les affaires y étaient florissantes. Je débarquai dans cette ville après avoir tout liquidé à Fès. Je ne fus pas accueilli comme je l'espérais. Comment oublier la gêne d'un frère qui me fit comprendre que je tombais mal, qu'il ne pouvait m'aider, que tout était entre les mains de ses fils ? Ceci est la deuxième blessure, la première étant celle d'avoir dû quitter ma ville. Je m'installai tant bien que mal ; je suppliai les neveux de m'indiquer leurs fournisseurs, de me donner quelques tuyaux pour faire marcher la boutique. Là, rien ! L'égoïsme leur tenait lieu de morale. J'ai souffert ; et je me suis débrouillé. Des voisins, des commerçants juifs que je ne connaissais pas du tout, m'aidèrent. J'ai trouvé la bonté et la générosité chez les juifs, pas chez ma famille. J'ai toujours eu d'excellents rapports avec les juifs, que ce soit à

91

Melilla, à Nador ou à Fès. Nous sommes différents ;
nous ne suivons pas la même religion, mais nous
nous entraidions. Avec mes neveux, c'était exclu.
De là viennent ma rancœur, ma déception, ma
rage. Je fis venir celui que je considérais comme
mon fils, je le fis sortir de la médina de Fès où plus
aucun commerce ne marchait. Je l'installai avec
nous, à la maison. Il faut dire que sa mère, c'est ma
femme. Il avait, très jeune, perdu son père. J'ai fait
du bien, sans penser à l'avenir. Alors je l'ai
présenté à mon frère, à mes neveux et nièces. J'ai
organisé son mariage avec la nièce qui était encore
libre. Je me suis conduit comme un père. J'ai
dépensé mes économies pour qu'il soit content et
heureux, pour qu'il me revienne, pour qu'il exprime de la reconnaissance, non pas en me disant
" merci, monsieur ! ", mais en s'associant avec moi,
faisant de cette boutique l'une des plus belles, l'une
des plus réussies. J'étais déjà arrivé à l'âge de la
fatigue. J'avais mis tous mes espoirs dans ses mains.
Je voulais être secondé, aidé et enfin réussir, car
tout ce que j'avais entrepris dans le Nord ou à Fès
avait périclité. Le Traître me quitta et préféra
dépenser son intelligence et son énergie chez mes
neveux, concurrents et adversaires. Depuis, ma vie
est foutue. Je n'exagère pas. Elle est foutue parce
qu'elle est minée par la haine. Oui, je l'avoue, ma
blessure a creusé un sillon profond où coule une

rivière de haine. Trente ans ont passé, et je n'arrive pas à pardonner, à accepter cette trahison. Je réclame justice. Oh! pas grand-chose. Je réclame l'impossible, le retour en arrière et le remboursement de la dette, qu'elle soit matérielle ou morale. Je suis seul à continuer comme un fou à réclamer réparation. Sa mère le défend. Elle défend son fils plutôt que son époux. C'est normal. Mais, moi, pourquoi vais-je aimer cette femme qui, à son tour, me trahit? Pourquoi serai-je clément et patient avec ceux qui m'ont fait du mal? Il m'arrive souvent de me trouver tout seul dans cette maison, ma femme étant en voyage chez sa fille à Fès ou chez notre fils à Casablanca. Je reste seul. Je mange seul, le même plat que je réchauffe à longueur d'absence. Le Traître n'a pas fait le moindre geste. Il me laisse, abandonné, dans cette solitude froide. Que dois-je faire? Un scandale! Un de plus. Il m'est arrivé d'entrer dans son magasin et de lui dire tout ce que je pense de lui, de sa femme et de sa progéniture. Mais j'avoue que j'ai pleuré, de vraies larmes, le jour de la mort de sa fille aînée. Non, la pauvre, elle ne méritait pas de mourir à dix-huit ans. J'ai pleuré. J'ai eu de la pitié. J'ai eu honte de mes sentiments. Mais au fond il suffirait de peu, un geste, un mot, une embrassade, et j'effacerais tout de cette ardoise que je porte au fond de moi, où tout est inscrit comme au jour du jugement dernier.

Mais l'orgueil est mauvais conseiller. Il y a eu des tentatives de conciliation. Mais c'était de l'apparence. Les cœurs restaient fermés, blindés. Et ce qui est dedans est resté intact, immuable. Quand on a été trahi et humilié comme je l'ai été, c'est pour la vie. Je ne suis pas malade. Mes bronches sont un peu encombrées. En revanche, j'ai été profondément blessé. Autour de moi, peu de gens me comprennent. Tous me disent que c'est du passé, qu'il faut oublier, que la vie continue et change... D'où irais-je chercher le pardon ? Je ne trouve pas de lieu où je pourrais me procurer une dose assez importante de pardon et d'oubli. Ah ! s'il y avait un village où la brise du matin aurait pour fonction d'étaler l'oubli et de rendre le pardon possible, facile ! Non seulement je ne pardonnerai pas, mais je constate que mon aversion concerne tout ce qui touche cet homme. Je n'aime ni sa femme, ni ses enfants, ni ses amis. Je sais que j'ai tort. Mais c'est plus fort que moi. Je ne peux pas être hypocrite. J'ai l'impression que si je me réconciliais avec lui, je perdrais beaucoup de mon énergie. Je me suis mis dans une situation inextricable : j'ai besoin de lui, de son existence, de ses erreurs, de ses trahisons. Je le remercie de m'avoir obsédé et gâché ces trente dernières années. En tout cas, il les a remplies. C'est peut-être pour cela que j'ai eu de la compassion au moment de l'accident de sa fille aînée. J'ai pleuré parce que notre inimitié fait partie de nos émotions. Je ne suis pas un monstre. Je suis incapable de faire du mal. Je le répète à tous ceux qui me soupçonnent d'être méchant. Je suis insatisfait. J'ai attendu longtemps et avec une immense espérance quelque chose qui n'est pas arrivé. Alors je râle, je peste, je m'énerve et je laisse libre cours à ma hargne qui s'arme de mots, mais uniquement de mots, dont aucun n'est efficace ; ils sont tous creux, sans profondeur, sans consistance. Leur seule utilité est de me soulager, de me rendre justice au moment où je les prononce ; comme ils ne sont pas magiques, je dois me répéter. Et cela dure depuis trente ans.

» Pauvre de moi ! Réduit à rabâcher les mêmes mots, la même rage. Réduit à revenir sans cesse, fastidieusement, sur ce que j'ai dit le jour où j'ai appris la trahison. Si je ressasse et je radote, ce n'est pas parce que je vieillis. Non, mon problème, comme a dit quelqu'un, c'est que " je suis trop jeune dans un corps trop vieux ". Cela n'a rien à voir. C'est parce que personne ne m'a rendu justice. Je suis frustré, floué, et pour rien au monde je n'abandonnerai cette passion. Je fais du surplace. Rien ne bouge, mais tout se dégrade. Mes pieds sont fatigués. J'ai des cors sur la plante des pieds, entre les orteils, sur les talons. Ils sont durs et me font mal quand je marche. Je les traîne avec moi depuis longtemps. Ils datent de l'époque de la trahison. J'ai maigri. Je n'ai plus d'embonpoint. Mes os sont visibles. Mon dos est légèrement courbé. C'est le poids de la bêtise des gens. Mes mains sont larges et épaisses. Elles n'ont pas changé. Je crois que j'ai de belles mains. On ne me l'a jamais dit. Et pourtant c'est vrai ; seules mes mains sont restées jeunes et belles. Dans ce pays, les gens ne font pas attention aux mains. Une femme qui n'a pas de belles mains, même si elle est jolie de visage, est une femme à qui manque quelque chose. Généralement, on parle des jambes des femmes. Mais chez nous la djellaba cache (ou cachait, parce qu'aujourd'hui elles portent des jupes ou des jeans) les parties essentielles du corps.

» Je n'aime pas les femmes petites. Mon épouse est petite de taille. Je la taquine souvent avec ce détail. Elle le prend mal. Et cela m'amuse. Mais personne ne s'amuse quand je traite de tous les noms son traître de fils. Toutes nos disputes tournent autour de cette histoire. Elle prend la défense de son fils, et je ne comprends pas qu'on puisse défendre un traître, quelqu'un qui a abusé de ma confiance et de ma générosité. Il faut que je m'arrête. Je sens la colère monter. Ce qui est curieux, c'est que cette colère est toujours vive,

presque neuve. Je ne m'en lasse pas. Il m'arrive
comme en ce jour de me lasser de moi-même, pas
de cette rage qui m'inonde chaque fois que je pense
à lui. Je sais tout sur lui ; je connais tout ; rien ne
m'échappe. Je peux évaluer sans trop me tromper
sa fortune, ses projets, ses ambitions. Je peux
même savoir ce qu'il mange, qui il fréquente, avec
qui il s'entend, quels sont ses ennemis. Parfois, j'ai
l'impression qu'il m'intéresse plus que mes propres
fils. Voilà pourquoi je lui en veux de ne pas l'aimer !
Notre inimitié est connue de tous. Peu de gens me
donnent raison. C'est normal. Mon parti est un
véhicule à une place. Ceux qui médisent de lui en
ma présence sont des hypocrites qui pratiquent la
complaisance. Je n'aime pas qu'on dise du mal de
lui. Car personne n'est autorisé à l'accabler. Il est la
gentillesse même, toujours souriant, toujours ser-
viable. Je le vois avec les autres. C'est un homme
extrêmement fin, cultivé, sociable. C'est pour ces
qualités, pour son intelligence et sa vivacité que je
le voulais comme associé, puis comme mon fils. Il a
préféré se mêler aux scorpions et aux vipères. Je
sais qu'il a souffert. Mais cela ne suffit pas pour
apaiser ma rage. Oh ! il paraît que tant de rancune
m'aide à vivre. Qu'il vienne exprimer de la reconnaissance et présenter ses excuses ; qu'il vienne, les
mains derrière le dos, la tête baissée, qu'il me baise
les mains et me demande pardon ! Alors là, on

97

verra. Je sais que je pleurerai, je ne pourrai pas retenir mes larmes. Un jour, lors d'un déjeuner de baptême chez l'un des neveux, un gamin m'a manqué de respect à cause d'une fenêtre mal fermée. Je voulais l'ouvrir pour respirer. Le gamin l'a fermée. Je l'ai ouverte, pensant exercer mon autorité de doyen d'âge. Le jeune homme m'a bousculé et a brutalement claqué la fenêtre. J'eus pitié de moi. Je me suis levé, les larmes aux yeux, et suis sorti de la maison. Le Traître m'a rejoint dans la rue et m'a ramené à la fête. Le jeune homme s'est excusé du bout des lèvres. Mais j'appréciai le geste du Traître. Je reconnus qu'il se conduisit comme un fils. »

Il est l'heure d'allumer la télévision. Il appelle la bonne et lui montre le poste avec sa canne. Quelqu'un chante en se lamentant. Son visage est coincé entre deux collines de sable. Au fond, on aperçoit un palmier chétif. Cela sent l'artifice et l'ennui. Les pages d'un livret défilent. Le chanteur a le visage bouffi. Son regard est fixe. Il attend que la femme parte pour faire un commentaire : « Elle a le cul toujours aussi bas, et l'autre massacre toujours avec délectation la langue de Chawqi ! » Il pense que la vie est mal faite. Mais quel rapport entre le corps fatigué d'une pauvre femme à son service depuis des années et la voix d'un aveugle qui psalmodie sa peine et sa misère dans le désert ? Lui, il invente un rapport. Il pense que si c'est une superbe fille, belle, jeune, pulpeuse, qui tourne le bouton de la télévision, on n'entendra pas l'aveugle, mais une musique légère et douce.

Il respecte la religion. Mais il a peur de la tentation. Il pense souvent à l'enfer, il le voit, il le sent, il croit en son existence. Il sait que c'est un territoire de feu et de sang. Il se rend compte qu'il a eu une pensée insolente. C'est un péché. Pas très grave, mais il ne veut plus en commettre. Il se lève, prend la petite pierre noire pour faire ses ablutions, s'assied sur le tapis et se met à prier ; il demande le pardon de Dieu ; il se prosterne et en appelle au Prophète Mohamed. Il regrette de laisser tant de confusion régner dans son esprit. Pourquoi des idées aussi contradictoires, s'excluant normalement l'une l'autre, s'expriment-elles chez lui simultanément ? Est-ce un signe de fatigue, de vieillesse ou de sénilité ? De sa main, il chasse ces idées inconvenantes, puis il sourit, car il sait que ce geste ne les fera pas fuir. Depuis quelque temps, il voit partout des jeunes filles défiler devant lui en retirant chacune un vêtement. Il aime bien ce petit spectacle qu'il se fabrique tout seul en ces après-midi de grande tristesse. « Quel mal y a-t-il à cela ? » se demande-t-il. « Je ne fais qu'imaginer. Personne, absolument personne ne peut m'empêcher d'imaginer ce que j'ai envie d'imaginer. Moi, mon obsession, ce n'est pas l'alcool ni les cartes ; ma passion, ce sont les femmes. En outre, je suis d'une sagesse affligeante. Je suis sage et je ne peux pas faire autrement. Je sais, ma main vole quelques caresses furtives sur des corps anonymes. C'est honteux. Mais ce qui est encore plus honteux, c'est de laisser un vieux monsieur comme moi privé d'amitié féminine. Ah ! si j'avais une amie. Elle viendrait me tenir compagnie. Je lui raconterais des histoires drôles. Je la ferais rire. Elle me laisserait lui prendre la main. Quel mal à cela ? Hélas ! je ne peux pas avoir d'amie. Alors je vis dans mes images ; et parfois il se produit une sorte de collision entre ce qui est permis et ce qui est défendu. Que Dieu me pardonne. En tout cas, il n'y a que lui pour contrôler ce qui se passe dans cette tête. »

Le téléphone sonne. Il sursaute. Il n'a jamais réussi à s'habituer à cette sonnerie ni à en moduler le son. C'est une erreur. Une voix de femme demande Moulay Ahmed. Il répond que, dans cette maison, il ne dit Moulay à personne et surtout pas à Ahmed, le gardien des voitures qui vient de temps en temps manger à la maison. Moulay est un signe de supériorité, de noblesse ou d'aristocratie. Il n'a jamais toléré les hiérarchies. Il n'aime pas le téléphone, surtout depuis qu'il n'entend plus très bien. Il se fait répéter plusieurs fois la phrase, ne comprend pas et jette le combiné par terre. Cet objet est là pour souligner et lui rappeler qu'il est en train de perdre l'ouïe, comme la télé lui signifie qu'il perd progressivement la vue.

Ahmed ne vient plus manger un morceau à la maison. Il le soupçonne de vouloir séduire sa femme. Il est jeune, la trentaine à peine, assez beau, avec des yeux clairs et des cheveux frisés. Il sait que les cheveux frisés plaisent à sa femme puisqu'elle dit regretter que ses fils aient les cheveux raides. Il lui a interdit de venir à l'improviste. Cela lui a permis de faire une scène de jalousie à son épouse, laquelle était scandalisée et en même temps un peu flattée de susciter encore sa jalousie. Et pourtant il n'y avait rien d'ambigu dans son comportement. Elle donnait à manger à Ahmed dans la cuisine et lui demandait des nouvelles de sa femme et de ses deux enfants restés à la campagne chez leurs grands-parents. Cela lui a suffi pour déclencher la grande scène interrompue par un début de crise d'étouffement. Sa femme n'arrive pas à savoir s'il est vraiment jaloux ou simplement prend des prétextes pour la provoquer. Elle se souvient qu'au début de leur mariage il fermait la porte de leur maison à double tour. Elle n'avait le droit de sortir qu'une fois par semaine pour aller au hammam. C'était lui-même qui l'accompagnait, puis revenait la chercher le soir. Parfois il lui arrivait d'oublier de passer la reprendre, puis il repartait au hammam en pestant. La jalousie faisait partie de la tradition. C'était dans l'ordre des choses. Mais que veut dire être jaloux à cet âge-là ? Il a plus de quatre-vingts ans ; elle, un peu plus de soixante-dix. Alors ce n'est pas une question d'âge. Pour elle, c'est une forme de folie. Pour lui, c'est une question d'habitude et de continuité.

Il ne se souvient plus de la dernière fois où ils ont dormi ensemble comme mari et femme. Il ne veut pas s'en souvenir. Cela fait au moins quinze ans qu'ils dorment chacun dans un coin, dans la même chambre. Il existe tant de pièces inoccupées dans la maison, mais ils tiennent à rester ensemble. Ils avouent chacun de son côté que la raison pour laquelle ils ne se séparent pas est la peur. La peur de tout et de n'importe quoi. La peur de mourir seul. La peur de se faire attaquer par des voleurs. La peur de recevoir la visite de quelque fantôme. La peur aussi d'assister à la mort de l'autre dans son sommeil. Mais, celle-là, ils l'admettent et la dépassent. Ils ne veulent pas y penser. En tout cas ils n'en parlent pas. Malgré l'animosité chronique qui régit leur couple. Ni l'un ni l'autre ne se réjouit de l'aggravation de l'état de santé de son adversaire. A les observer de loin, on sent planer plus de lassitude que de tendresse. Lui ne manifeste jamais sa tendresse. Il laisse cela aux faibles, sauf quand il s'agit de ses enfants. Il ne dit pas « je vous aime » mais « pourquoi vous ne m'aimez pas ? ». Il pleure d'émotion chaque fois qu'un de ses enfants s'en va après une visite. Il tente de ne pas le montrer, mais n'y arrive pas.

Daoudi est parti, laissant une cassette de musique andalouse dans l'appareil. Il se réveille. Il fait sombre. Pour allumer les lampes, il faut se lever. L'épouse dort en face de lui sur un matelas dans le séjour. Il l'appelle. Pas par son nom, mais par un de ses dizaines de surnoms. Elle ne répond pas. Peut-être dort-elle vraiment. Peut-être est-elle morte en plein sommeil. Cette idée l'effraie. Il se lève difficilement et surveille sa respiration. Il est soulagé. Elle ne fait que dormir. Quelques mots désagréables sont prononcés. Elle lui a fait peur. Ce n'est pas bien. Il considère qu'elle n'a pas le droit de provoquer chez lui une telle émotion. Ainsi, chez lui, la tendresse est rugueuse ; elle est enfouie et lui fait mal. Il allume la lampe. Il aimerait bien

103

boire un thé chaud, mais il ne veut pas le réclamer. Il sait qu'il aura un ton agressif en demandant un thé. Il lui en veut de dormir juste en cet instant où il a besoin qu'elle lui prépare un thé. Il pourrait la réveiller doucement, mais il ne veut pas. C'est plus fort que lui. Il n'a jamais été gentil avec elle ; alors il ne va pas tout d'un coup le devenir. Elle ne comprendrait pas. Pour lui ce serait une erreur, un faux pas.

Les fins d'après-midi ressemblent en hiver à des chemins rocailleux, longs et incertains. On s'y perd souvent et on y fait des rencontres étranges et inquiétantes. Des mains sortent de la brume ou des arbres et vous attirent vers des lieux obscurs. Des buissons se déplacent et emportent tout ce qu'ils trouvent.

Les fins d'après-midi sont interminables. C'est peut-être pour cela qu'il s'endort et se convainc qu'il entre dans un sommeil profond. Il ne fait pas la sieste ; il se cache pour ne pas avoir à emprunter un de ces chemins qui ne mènent nulle part. C'est le sommeil de la peur. Le cœur bat assez fort pour empêcher la conscience de s'absenter. C'est un mauvais sommeil, agité et redoutable. L'angoisse, c'est lorsqu'on est obligé d'entendre tous les mouvements du corps ; on se met à surveiller sa respiration, on compte les pulsations et on imagine son corps comme une vieille machine susceptible de déraper.

Quelqu'un frappe à la porte. Il relève la tête, les yeux mi-clos. La femme de ménage sort ouvrir le portail. C'est Krimo, un chauffeur de taxi qui passe de temps en temps proposer ses services. C'est un homme du Rif qui paraît nerveux. Il entre dans la pièce, trempé par la pluie. Il se déchausse, se baisse pour saluer :

— J'ai pensé que vous auriez besoin de ma voiture, vu le temps qu'il fait.

— Quel rapport avec le temps ? Je t'ai déjà dit de ne plus venir. Je peux encore me déplacer à pied, aller et venir à ma boutique deux fois par jour. A moins que tu ne sois venu pour qu'on parle en rifain... J'ai appris cette langue en même temps que l'espagnol. C'est une belle langue, un peu dure, comme le pays... mais elle est directe, presque brutale.

— Vous savez, monsieur, c'est votre fils qui me paie pour ce travail. Moi, je passe, et vous, vous faites ce que vous voudrez. Quant au Rif, je n'y ai pas mis les pieds depuis vingt ans.

— Comprends-moi un peu. Mon fils croit, comme toi, que je suis arrivé à un âge où il faut me mettre dans une petite voiture.

— Ce que je vous propose, ce n'est pas une

105

petite voiture, mais une Mercedes 200 diesel importée d'Allemagne pour vous servir.

— Là, ça change tout ! Assieds-toi, prends une tasse de café... le café est importé du Brésil et torréfié en Espagne pour remettre les aiguilles de ton humeur à l'heure !

— Non, merci. Je n'aime pas le café et je n'ai pas beaucoup de temps. Quand il fait mauvais, on travaille bien.

— Oui, là, si j'ai bien compris, tu travailles, c'est comme si tu me conduisais à la boutique. C'est le temps d'un café et d'une cigarette. On vient juste de démarrer, alors mets-toi à l'aise et raconte-moi une histoire drôle, parce qu'avec la tête que tu as, si tu ne fais pas rire tes clients, tu es fini ; ton taxi ne roulera plus, ou alors il dégagera une telle mauvaise humeur qu'il finira par porter malheur !

Il s'assied, se sert une tasse de café et se met à rire.

— On est arrivés rue du Mexique, juste derrière le feu rouge. J'ai dix minutes pour arriver *calle* Tétouan. C'est l'histoire d'un homme avare...

— Ah ! les avares ! ce sont les rejetons du démon ; je les connais ; ce sont des ennemis. Entre eux et moi, il y a plus qu'une guerre. On ne se supporte pas. D'ailleurs je les reconnais ; quand ils vous tendent la main, ils la retirent tout de suite de peur de perdre quelque chose.

— Donc c'est un avare qui vient de perdre sa mère. Il en parle à ses amis, dit sa tristesse et son chagrin en pleurant : « Pauvre de moi ! elle est morte soudainement et m'a laissé... — Qu'est-ce qu'elle avait ? lui demande l'un de ses amis. — Oh ! à peine un collier et un bracelet en or ! »...

— Je ne trouve pas cette histoire drôle ; elle est terrible. Cet individu ne connaît pas la valeur de la bénédiction des parents. Tu sais, si tes parents te maudissent, non seulement tu seras cerné par le malheur, mais Dieu te punira ici et là-bas. Moi, j'ai toujours été béni et j'ai toujours accordé ma bénédiction à mes enfants, même quand il leur arrivait de manquer à leur devoir. Je suis ainsi parce que, quand j'étais jeune, j'ai vu combien ma mère a souffert à cause de mon frère aîné qui quitta Fès le lendemain de son mariage et partit avec sa femme à Melilla faire fortune. Il est parti et n'a plus donné de ses nouvelles pendant onze ans ! Onze années d'absence et d'angoisse. On n'avait pas son adresse. On ne savait pas s'il s'était installé à Nador ou à Melilla. A l'époque, les communications étaient difficiles entre le Maroc occupé par la France et le Maroc occupé par l'Espagne. Ma mère a perdu toute sa jeunesse dans cette longue et interminable attente. Ce n'était pas de l'attente, mais de la maladie. Elle nous envoyait, mon frère et moi, à la sortie de la ville, dans une espèce de jardin sauvage,

107

un lieu abandonné où les fassis n'aimaient pas beaucoup s'aventurer. On disait que c'était le jardin des sorcières. Là se trouve une source d'eau, plus exactement un puits, pas très profond. Je crois qu'on l'appelle Aïn Ben Diab. La légende dit que c'est le puits des absents, le trou des disparus. Il suffit de s'y rendre à la tombée de la nuit, au moment où la lumière est incertaine, et de crier le nom de celui qu'on attend. On lançait l'appel longuement, puis on tendait l'oreille. Si le puits ne rend plus l'écho, c'est que la personne appelée a dû entendre la voix. C'est comme ça ! Moi je n'y croyais pas beaucoup, mais comme notre mère commençait à avoir des hallucinations jusqu'à perdre la raison — elle voyait son fils partout —, nous lui avons obéi. Je ne sais pas si nos appels ont été entendus, mais, quelques mois après, l'absent est revenu un matin. C'était encore l'aube. Quand ma mère l'a vu, elle a cru qu'elle était en train de rêver, elle a souri, puis s'est évanouie. Elle ne lui a pas parlé. Elle est morte peu après de tristesse. Voilà, Krimo, tu peux à présent t'en aller. On est arrivés, tu vois bien qu'on a dépassé *calle* Tétouan. Tu peux me laisser juste là, au coin de la rue. Va, sois béni !

Il règne sur la maison un silence pesant. Il sort son portefeuille et compte l'argent. Cent cinquante-deux dirhams. Il recompte, pensant qu'il a été volé. Il se souvient de cinq billets de cent dirhams. Il a réglé trois cent huit dirhams, la note du téléphone. Où sont passés quarante dirhams ? C'est le prix de la boîte de suppositoires. Il a oublié qu'il a jeté dans la poubelle la boîte et l'ordonnance. Il maudit ce genre de médicaments et la maladie, glisse le portefeuille sous l'oreiller et essaie de s'endormir. Il n'a pas sommeil, se relève et va à la cuisine mettre de l'eau à bouillir. Finalement, il considère qu'il vaut mieux préparer le thé lui-même. Il est impatient, se trompe dans les proportions, manque de se brûler en manipulant la bouilloire. En buvant le thé, il se sent moins seul.

Que faire pour changer le cours du temps, pour sortir indemne de cette interminable journée ? Il regarde autour de lui. Les choses n'ont pas bougé. Et pourtant, dans sa tête, il sent un tel remue-ménage, un va-et-vient incessant, une sorte de manège qui ne va pas tarder à lui donner la migraine. C'est un vieux migraineux. Il ne se souvient pas de son premier mal de tête. Il dit avec résignation qu'il est probablement né avec la migraine comme d'autres naissent avec un sixième petit doigt. Il connaît les calmants, aspirine et autre antalgique, ainsi que des recettes traditionnelles comme les tranches de pomme de terre posées sur le front et retenues serrées par un mouchoir.

Avec l'âge, la migraine s'est faite discrète et de plus en plus faible. Mais c'est le souvenir des maux de tête qui lui fait mal aujourd'hui. Le fait d'y penser le rend fragile ; cela l'étonne que le souvenir d'une douleur soit aussi une douleur. Il essaie de ne plus penser au manège qui travaille sa tête, tente de s'éloigner de ce genre de souvenir. Il se dit que c'est une question d'hérédité. La migraine comme l'esprit d'observation et la manie de la critique ont été fidèlement transmis de père en fils. Il revoit son père, la tête entre les mains, en train de souffrir, voit ses fils se plaindre de tant de douleur, puis se voit lui-même en train de résister à une armée d'épingles qui piquent les nerfs sous le crâne, avec une régularité mécanique.

Le cahier d'adresses est ouvert. De sa main nonchalante, il tourne les pages. Son doigt s'arrête sur un nom : Zrirek. Il sourit. Une lueur d'espoir. Zrirek est son coiffeur. On l'appelle ainsi parce qu'il a les yeux bleus. Il est petit de taille et rusé. Il connaît tout sur tout le monde. Il prétend connaître par cœur le dossier de chacun et de chacune. En plaisantant, il dit avoir en sa possession la liste des enfants nés d'adultères. Quand il était plus jeune, il pratiquait des circoncisions. Il a gardé l'ongle du pouce de la main droite long et aiguisé. Il s'en servait pour tracer une marque sur le prépuce avant de le couper avec une paire de ciseaux. Zrirek est drôle, mais mauvaise langue et roublard. Il dit du mal de tout le monde, mais comme il le fait sur le ton de la plaisanterie, on ne lui en tient pas rigueur. Son registre est l'ironie cinglante. C'est ce qu'il appelle la vérité en caftan brodé de fils d'or.

— Pourrais-tu venir tout à l'heure pour me faire beau ?

— Es-tu sûr que tu as encore des cheveux ?

Il passe la main sur son crâne nu. Quelques cheveux égarés se maintiennent malgré tout. Il les compte. Dix-neuf !

Il attend Zrirek sans se faire d'illusions.

« Plus de cheveux ! C'est le désert ! Mais n'est-ce pas le signe d'un esprit qui pense et travaille sans arrêt ? Je n'ai pas perdu mes cheveux tout d'un coup. Ce sont mes idées qui, en se bousculant, se sont frayé un chemin dans ma chevelure. A chaque passage — à chaque tempête —, quelques cheveux ont dû tomber ! »

Ce n'est pas le coiffeur qui vient, mais Bouida, le ferrailleur. On l'appelle Bouida parce qu'il a le visage ovale comme un œuf. Quand il s'assied, il se dandine. C'est un arrière-cousin qui a plusieurs femmes et plusieurs enfants. Il ne sait plus quoi faire pour les nourrir. Il ne se plaint jamais. Quand

111

il apprit un jour qu'une de ses filles se prostituait, il eut une hémiplégie. Il a du mal à formuler les mots. Il parle encore avec les yeux. Des yeux pleins de douleur et de compassion. Même quand il sourit, son regard retient au fond une immense tristesse. En s'asseyant, il essaie de ne pas se dandiner car il sait que cela énerve les gens. Il sort de sa sacoche deux pommes.

— Tu sais bien que je n'ai plus de dents pour croquer une pomme ! Merci. Je la garde pour l'offrir à ma femme...

Ils discutent comme s'ils étaient muets tous les deux. Cela les amuse. Ils boivent du thé. Bouida fume une pipe de kif. Il se rend compte que la fumée dérange son ami malade. Il éteint la pipe, lui baise le front et s'en va en se dandinant.

Il voudrait se laver comme au bon vieux temps : passer une matinée entière au hammam. Se laver et se détendre. Faire longuement ses ablutions et s'assoupir dans la salle de repos. Il en rêve et sait qu'il ne supportera pas la condensation de la chaleur et de la vapeur. Depuis ses crises d'asthme, le hammam lui est défendu. Il a essayé de recréer ce lieu à la maison, mais sans réussir. Il se lave mal, n'arrive pas à s'habituer au système de la douche ; il remplit la baignoire d'eau chaude et s'y installe. Sa femme l'aide à faire sa toilette. Au lieu d'être gentil avec elle, il la maltraite. Il n'aime pas avoir besoin des autres.

Sa femme est une « chérifa », descendante de la lignée du prophète Mohamed. Si elle voulait, elle pourrait devenir une sainte. Elle est réputée pour avoir une main porteuse de bien, capable, par exemple, non seulement d'éloigner le mauvais œil, mais aussi de l'extirper de la personne une fois qu'il a été jeté. Que de fois il eut besoin de son intervention urgente quand il sentait monter en lui la fièvre et la lassitude, deux signes annonciateurs de la présence du mauvais œil. Armée d'une branche de laurier aux feuilles touchées par le feu, elle dit ses prières jusqu'à sentir le mal sortir du corps fatigué, traverser le sien puis disparaître à coups de bâillements et de larmes. Pour que le mauvais œil s'annule définitivement, il est nécessaire de rémunérer la « chérifa » avec un sou ou une pincée de sel. Lui la « payait » avec du sel. Elle aurait aimé un geste plus généreux.

Ainsi, malgré son scepticisme, sa passion pour la science, il a toujours préféré se faire soigner avec des recettes de vieille femme qui n'ont d'efficacité que dans la double mesure où on y croit et où on n'est pas malade !

Il ouvre de nouveau le cahier d'adresses. Il tombe sur Hassan 314.21 et 364.50 ; puis Hussein. Ce sont des jumeaux, des amis d'enfance qu'il n'a pas vus depuis des années. Au moment de composer le numéro de téléphone, il marque un temps d'arrêt ; il se souvient que l'un des deux est mort dans un accident de voiture. Il ne sait plus lequel :

« Certes, ils se ressemblent énormément. On était ensemble à l'école coranique. Tout le monde les confondait ; ils rendaient fou le maître d'école. Ils jouaient tout le temps sur cette confusion. Je les aimais bien, mais nous nous sommes perdus de vue. Eux aussi ont échoué dans cette ville de vent et d'humidité. Ils ont fait fortune dans les années cinquante avec les surplus américains. Comment savoir lequel est vivant ? Je ne peux tout de même pas appeler et demander si c'est Hussein ou si c'est Hassan qui a été écrabouillé par un camion sur la route de Casablanca ? Je pourrais faire le coup de l'erreur. Non, je n'ai pas le cœur à cela. Me voilà privé non plus d'un ami, mais de deux amis. Pour moi, c'est perdu. Ça prend l'allure d'une conspiration. Et si j'appelais Moshé, mon ancien voisin ? Lui, il ne vend plus de tissu ; il s'est converti dans les affaires, l'immobilier, je crois. Mais cela fait si longtemps que je ne l'ai vu. Je pourrais appeler à son bureau. Peut-être que je découvrirais qu'il est parti au Canada ou en France. Je suis certain qu'il n'a pas émigré en Israël. En juin 1967, il fut tenté de partir, mais il est resté. Je me souviens qu'il s'était installé durant tout le mois de juin à Gibraltar. Il attendait là-bas que la guerre entre les juifs et les Arabes fût terminée. Il me disait que jamais il ne quitterait son pays et me racontait les malheurs de ses cousins et amis qui avaient tout abandonné pour aller s'installer en Israël et qui furent très déçus par le paradis promis. Moshé est un homme de bien. Je regrette de ne pas avoir maintenu le contact avec lui. Qu'est-il devenu aujourd'hui ? Il doit être un grand-père heureux, cloîtré chez lui, malade, mais entouré par ses enfants et petits-enfants. A-t-il perdu, lui aussi, tous ses amis ? Est-il le dernier de la bande, celui qui les a vus partir l'un après l'autre ? Il a dû prendre la précaution de rayer les noms sur son agenda au fur et à mesure. Il a pu éviter le sentiment brutal de l'isolement soudain. Moi qui me croyais bien organisé. J'ai été et je reste l'agenda et la mémoire de la famille, pas des amis. A force de m'occuper de la chronologie familiale, j'ai négligé celle de l'amitié. Or, j'ai plus de sympathie pour l'ami que pour le cousin. J'ai rarement réussi à faire du cousin un ami. Cela dit, j'ai toujours tenu à ce que la famille soit unie, moins par amour que par devoir. Mon père, avant

115

de mourir, nous a fait promettre de ne pas nous disperser et surtout de maintenir vivants les liens de la famille. J'ai suivi sa volonté. Je crois avoir été le seul. J'ai souvent l'impression que je passe mon temps à rassembler les pièces d'un puzzle impossible jusqu'au jour où je vais découvrir que je me suis trompé de pièces et de puzzle. Il aurait pu nous éviter ce travail inutile ; il aurait pu nous inciter à faire de grands voyages ou à entreprendre des études exceptionnelles. Or, il nous a laissés dans la médiocrité du petit commerce, sans grande ambition, avec le devoir de nous unir. Plus d'un demi-siècle après, nous ne sommes pas unis, et aucun d'entre nous n'a fait fortune. Nous ne sommes jamais sortis du Maroc, et s'il n'y avait nos enfants pour sauver le nom, nous n'aurions été qu'une famille ratée. Je suis fier de mes fils ; mais eux, sont-ils fiers de moi ? J'en doute. Ils se sont mis d'emblée du côté de leur mère. Ils la défendent avant même qu'elle soit attaquée. J'ai pris l'habitude de voir régner ce favoritisme. Cela me fait mal ; il m'arrive même d'en pleurer. Se rendent-ils compte à quel point ils sont injustes et partiaux ? L'ingénieur travaille bien ; il s'inquiète plus de la santé de ses enfants que de celle de son père. C'est normal. L'autre me fait plus de peine ; il est complètement acquis à ce que lui raconte sa mère. Il est injuste avec moi. J'aurais aimé qu'il me parle,

116

qu'il discute avec moi, qu'il me décrive ses voyages et ses succès. J'en suis réduit à apprendre plus de choses sur lui par les journaux et les voisins que par lui-même. J'aurais voulu être son ami, son confident et son conseiller. Or, il ne me demande jamais conseil. Il ne me consulte pas. Nous n'arrivons pas à discuter. Je lui pose des questions. Il me répond par des oui ou des non. Il m'en veut. Je le sais. Mais je suis fier de mes deux enfants. L'ingénieur comme l'artiste sont aimés et respectés. J'ai essayé de leur apprendre la sauvegarde des liens familiaux. Ils sont réticents. Ils ne me suivent pas sur ce terrain. Ils ont peut-être raison.

» C'est dans une maison propre, avec un petit jardin propre et des infirmières propres qu'on enferme les vieux, là-bas. Chez nous, l'aide-soignante mâche du chewing-gum et pue la transpiration. Au moment de la piqûre, quand elle se penche sur moi, je me bouche le nez. Chez nous, ce ne serait pas une maison de repos, *una casa de descanso,* mais une cage à poules pour vieillards stupides encore pleins d'illusions sur le genre humain. Heureusement que les riches de chez nous n'ont pas encore découvert l'asile pour vieux. C'est peut-être pour cela que nos cimetières sont plus beaux que ceux des Européens. Ils sont ouverts comme des champs de blé sauvage. Généralement, on enterre les morts dans une colline qui regarde la ville. On dit même que les morts nous veillent. Que ce soit une colline ensoleillée, plantée d'oliviers, ou un parking dallé de marbre, la terre est la même. Elle a le même goût et retient la même humidité, les mêmes insectes, les mêmes vers et racines. Qu'importe le lieu ? Le soleil n'est qu'une illusion. Allez demander aux pierres si elles préfèrent être battues par la pluie ou par un soleil brûlant.

» Un rêve m'inquiète. Je l'ai fait tout à l'heure, entre veille et sommeil. J'en parle pour l'oublier, car c'est un rêve du genre insistant qui se confond avec la réalité. J'ai rêvé que j'étais mort. Du coup, toute la famille a accouru. Ceux de Fès sont arrivés avant ceux de Casablanca. Passé la prière de l'après-midi, je n'étais toujours pas enterré. On attendait ceux qui habitent loin. Entre-temps, je m'étais réveillé. Personne ne fut étonné. Je participai aux discussions concernant les préparatifs de mes funérailles. J'émis le désir d'être enterré à Fès. Cela a posé des problèmes à mes enfants qui n'aiment pas beaucoup cette ville. Je discutais avec entêtement comme d'habitude. Il n'y avait pas beaucoup de tristesse dans tout cela. Les gens trouvaient normal que je participe à tout, et personne ne me contestait. Ou alors ils ne me voyaient pas et ne m'entendaient pas. Moi, j'allais de l'un à l'autre, et personne n'était ni étonné ni effrayé. Je crois que, même mort, je continuerai à donner mon avis sur tout et je résisterai ; je ne me laisserai pas faire. C'est cela l'impression forte et décisive que je retire de ce rêve.

» Juste au moment où je déroule ce rêve, ma femme, tremblante et bouleversée, m'annonce que son frère cadet, celui qu'elle aimait beaucoup et qui est mort il y a cinq ans, est venu la chercher. Il lui tendait la main dans un rêve où tout était blanc. Elle dit que c'est un signe qui ne trompe pas. Il faut préparer ses affaires. Elle m'a fait peur parce que, sérieusement, elle a sorti un drap blanc tout neuf, brodé de fleurs blanches. Elle l'a étendu dans la pièce pour faire partir l'humidité et l'odeur de renfermé. Pendant un moment, entre elle et moi, il y a eu ce drap blanc, son linceul. Moi, je n'ai rien préparé. Je me moque de ces petits détails propres aux femmes croyantes qui envoient ce bout de tissu passer la nuit à La Mecque ou sur la tombe de Mohamed à Médine. Les femmes, surtout quand elles vieillissent, ont souvent des arrangements avec l'au-delà. Je l'entends après ses prières quand elle s'adresse directement au ciel : c'est d'une telle naïveté ; de petits calculs d'épicier qui n'a rien à vendre ! J'avoue que cela me fait rire. Plus je ris, plus elle s'énerve. J'aime bien l'énerver, car elle n'a aucun sens de l'humour. Avec la mort, il me semble qu'elle a moins d'appréhension. Elle en parle souvent avec calme et résignation. Elle pense qu'elle va retrouver là-bas sa mère et ses frères. Moi, je suis sûr que je n'y retrouverai personne, aucun de mes amis, pas même mes parents. Alors ma solitude prend du poids. Elle s'aggrave puisqu'elle va se prolonger éternellement. Je préfère le savoir. Je ne vais tout de même pas faire comme les Japonais et me faire déposer au sommet du Toubkal sur une natte pour attendre la mort qui viendrait par la faim, le froid et les rapaces. Que les fourmis mangent ma chair une fois sous terre ne me gêne nullement, mais que des rapaces m'arrachent l'œil alors que je respire encore, cette idée et cette image me sont intolérables. En même temps cela me fait rire. On dira : " Un tel n'est pas encore mort, il vient juste de partir à la montagne ! " On comptera les jours, on s'informera sur l'état de la météo, et on décidera qu'un corps peut résister aux intempéries au moins vingt jours et vingt nuits ! De toute façon, cela ne doit plus se pratiquer au Japon. Les Japonais se suicident. Chez nous, c'est interdit. La vie et la mort appartiennent à Dieu. Il reprend ce qu'il a donné quand bon lui semble. Je préfère cette version des choses. Réelle ou imaginaire, cette image a quelque chose de logique. Quant au paradis et à l'enfer, chacun se fait son petit théâtre.

Si l'enfer existe, j'aimerais bien y envoyer la bande de voyous qui m'ont plusieurs fois attaqué parce que j'avais du mal à marcher. Il y a celui qui a quinze ans et un œil en moins et qui m'a tiré par le capuchon de la djellaba ; il m'a fait tomber, puis il a alerté ses complices cachés pour une séance de rire. Je me suis défendu comme j'ai pu avec ma canne. J'ai été humilié. Quand on m'a proposé de porter plainte à la police, j'ai refusé. J'avais peur qu'ils redoublent de férocité et qu'ils me fassent encore plus mal. Je n'ai jamais raconté cet épisode à mes enfants. Quelle humiliation de voir leur père terrorisé par des voyous ! Je les verrais bien en enfer. J'avoue préférer l'enfer de la vie. J'espère arriver un jour à les y enfermer. Quant au paradis, je reste persuadé de l'avoir connu ou plus exactement entr'aperçu quand j'avais vingt ans. Il y avait une porte immense plantée au milieu d'un champ vert, rouge et jaune. La porte était entrouverte. Elle donnait sur une lumière assez nette dans un espace blanc où des jeunes filles habillées de robes légères faisaient du vélo. Ce jour-là, une larme, une seule, est tombée sur ma joue. C'était cela, le bonheur. »

La pluie s'est arrêtée, et le vent s'est calmé. Les cafés du quartier sont pleins. Les vitres sont opaques à cause de la buée. On ne distingue pas les têtes, mais on entend les clameurs. Il n'y a pas de doute. C'est un match de football qui est transmis. A Tanger, on capte les chaînes de télévision espagnole et anglaise. Ceux qui n'ont pas les moyens de s'équiper en antenne spéciale se retrouvent au café non plus pour parler, mais pour suivre des matchs et réagir avec le même enthousiasme ou la même colère que s'ils étaient assis sur les gradins d'un stade.

Il tend l'oreille et entend un cri de joie généralisé : Ouais !

Il aurait voulu faire partie de cette foule qui perd la tête face à un ballon. C'est une passion qu'il ne comprend pas, mais qu'il aurait aimé connaître. Quelque chose lui échappe. Et il n'aime pas se trouver dans une situation où il a du mal à expliquer ce qui arrive. Pour le moment, il n'a que faire de l'écho qui lui parvient. Il se tient la tête entre les mains, protégeant ainsi ses oreilles. Il n'aime pas le jeu. Il a peur du risque. C'est pour cela qu'il s'est établi à Tanger, ville tranquille et décadente, au lieu de Casablanca, ville des affaires.

« Il faut que j'arrête de penser. Je ne vais plus penser. Je vais faire le vide. J'expulse tout de mon esprit : les épingles qui menacent et mes obsessions. Le vent est moins violent. Il a réussi quand

122

même à ouvrir la fenêtre et la porte. Je me lève. Le vent n'est plus humide ; il est même agréable ; c'est un vent chaud qui vient du nord. Le ciel est dégagé. Il a changé de couleur. Où est partie la grisaille ? Le ciel est bleu. Il fait beau. Nous sommes en été. C'est l'heure de la sieste. Peu de gens sont dans les rues. Je descends la rue Quévedo. La lumière est trop forte. Je plisse les yeux. Une jeune fille à bicyclette passe. Le vent gonfle sa jupe et joue avec sa chevelure blonde. Je vois ses jambes. Elles sont superbes. Elle me sourit. Je m'arrête et attends. Elle fait demi-tour, descend du vélo et vient vers moi. Je ne dis rien. Son sourire m'intrigue. Ce visage ne m'est pas étranger. Où l'ai-je vu ? Ce n'est peut-être qu'une image, une apparition d'où émanent une grâce et une lumière qui m'enchantent et m'étourdissent. Ce n'est pas un rêve. Je sens la douceur du vent sur mon visage et j'entends un chant lointain. Est-ce cela ne plus penser ? Je ne dis rien. Elle me tend le vélo. Il est tout neuf. Je le monte en essayant de ne pas perdre l'équilibre. Je n'ai pas de mal à me tenir droit. Avec agilité, la jeune fille se place entre la selle et le guidon. Ma tête est posée sur son épaule gauche. J'ai ses cheveux sur mon visage, et nous roulons dans une prairie inondée de lumière et de miroirs. »

Mai 1988-Mars 1989,
Turin-Tanger-Paris.

IMPRIMERIE BUSSIÈRE À SAINT-AMAND (CHER)
DÉPÔT LÉGAL : JANVIER 1990. N° 10708 (9836)